回転木馬のデッド・ヒート

迴轉木馬的終端

村上春樹

目錄

迴轉木馬的終端

村上春樹

要把收在這裡的幾篇文章稱為小說，我多少覺得有些抗拒。說得明白一點，在正確的意義上這些並非小說。

我寫小說的時候，總會把所有現實的原料——假定有這樣的東西的話——先全部放進一個大鍋子裡，溶解成辨認不出原形為止，然後才把它分切適當的形狀來用。所謂小說，或多或少都是這樣的東西。所謂真實性也是這樣的東西。麵包店的真實性存在於麵包裡，並不存

在於麵粉裡。

然而收集在這裡的文章，原則上即是事實。我從很多人那裡聽到各式各樣的事情，把那些寫成文章。當然我為了不給當事人添麻煩，所以都把細部做了各種調整，雖然不能完全算是事實，然而情節的概要則是事實。既沒有加油添醋使事情變得有趣，也沒有抽換什麼，我打算把我所聽到的，盡量不破壞原有氣氛地轉化成文章。

一連串的文章──假定稱為素描吧──剛開始我是為了要寫長篇小說，預先暖身而作的。因為我忽然想到如果把事實盡量照事實的原樣整理起來，這種作業往後或許會有用處。所以最初的階段，我完全沒有打算把這素描變成活字。這些東西信筆寫了，便丟進書房的桌子裡，準備讓它們和其他無數片段性的文章遭遇同樣的命運。

然而在三篇、四篇連寫下來之後，我開始感覺這每一篇都幾乎具

有一個共通點。那就是他們都「想要被說出來」。那對我來說是一種

非常奇妙的體驗。

　　比方我在寫小說的時候，總會在潛意識之下，順著自己的風格和

小說展開的方式，選擇可以當做材料的片段。然而因為我的小說和我

的現實生活，並不是樣樣細節都完全一致的（這麼說來，我自己和我

的現實生活也都並非完全一致），我心裡總是積存了一些在小說裡沒

用完的，像是沉澱物似的東西，我用來素描的，就是這些像沉澱物似

的東西。而這些沉澱物一直繼續在我意識的底層，靜靜等待有朝一日

藉著某種形式被講出來的機會能夠來臨。

　　像這樣各色各樣的沉澱物，之所以會積存起來的原因之一，我想

是因為我喜歡聽別人講話。坦白說，我對聽別人的事情，遠比講自己

的事情喜歡得多。此外，我想或許我有一種從別人的談話中，找出趣

味性來的才能吧。事實上，我感覺得出大部分人所談的事情，都比我自己的事情有趣得多。而且與其特殊的人的特殊的事，不如平凡的人的平凡的事來得有趣得多。

這種能力──聽別人的事，能夠聽出趣味來的能力──說起來在具體上並沒有什麼用處。我這幾年雖然都在寫小說，但就連做一個小說家，這種能力派上用場的經驗，都還一次也沒有過。或許曾經有過幾次，但至少我並不記得。只是別人講，我傾聽，並把這些話題積存在我心裡而已。

如果要說這樣的能力，對我身為小說家的特質，多少有一點貢獻的話，我想大概只是使我能夠稍微養成某種忍耐力吧。我想趣味性這東西，或許需要透過所謂忍耐力這種濾鏡，才能夠表現出來。而且所謂小說的文章這東西，多半也是在那樣的位相上成立的。所謂趣味

性這東西，並不是水龍頭一扭開，就能注滿一杯，端出來說：嗨，請用！之類的東西。有時候甚至需要做祈雨之舞呢。不過這些和本文的宗旨無關，還是言歸正傳吧。

很多人所講的話題，都沒派上用場，一直積存在我心裡。這些東西沒地方去。就像夜晚的雪一樣，只是靜靜地越積越深。這是大多數喜歡聽別人講話的人共同的痛苦。天主教的教誨師可以把人們的告解，交給所謂天上這個大組織，而我們卻沒有那麼方便的對象。除了抱在自己體內繼續活下去之外，別無其他路子可走。

卡森‧麥卡勒斯（Carson McCullers）的小說中，有一個安靜的啞巴青年登場。任何人向他說什麼，他都親切地傾聽，有時同情，有時一起歡喜。大家好像被拉近似的，全聚集到他身邊，向他敞開心胸做各式各樣的告白。然而最後這青年卻了結了自己的生命。於是人們

才發現，大家都把自己所有一切的問題全推給他，卻沒有一個人去顧及他的感受。

雖然這麼說，當然我並不是在把自己和那位啞巴青年的形象重疊在一起。我自然也曾經向別人述說過自己的事，而且也在寫文章。不過雖然如此，所謂沉澱物這東西確實依然積存在我體內。我想說的只不過是這一點。

因此當我暫時放棄小說這形式的時候，極自然地，這類一連串的原料，便浮到我意識的水面上來。對我來說，這些素描的原料，感覺上好像是一群無依無靠的孤兒一樣。他們一直沒有被編進任何小說或任何文章，只是繼續在我體內靜靜地沉睡著。一想到這裡，我心裡總是耿耿於懷，不太舒坦。

不過如果要說，把這些原料化成文章，我心情就能夠多少輕鬆一

些，那倒也不然。這點就算為了維護我自己微不足道的名譽，也必須聲明在先的。我並不是為了讓自己覺得輕鬆才把這些素描寫出來，向世人發表。就像一開始已經說過的一樣，他們想要被講出來。而我則感覺到了這一點。至於我本身的精神是否被解放了，和這完全是兩回事。至少到目前為止還完全看不到我的精神因為寫了這些文章，而得到解放的任何徵候。

自我表現對精神解放有幫助的想法，是一種迷信，就算善意地說，也只能算是神話。至少藉著文章做自我表現是無法解放任何人的精神的。如果有人懷著這樣的目的而有志於自我表現的話，那麼最好還是停止為妙。自我表現只能讓精神細分化，這是什麼地方也到不了的。就算感覺上好像到達了什麼地方，那也是錯覺。人是因為不寫實在受不了才寫的。寫東西本身既沒有什麼效用，也沒有什麼隨之而來

的救贖。

因此沉澱物依然還是沉澱物繼續留在我的體內。也許有一天我會把那變成完全不同形式的東西，組合進新的小說裡去。也許不會。如果不會的話，那麼這些沉澱物或許就會一直被封閉在我體內，而終於消失在黑暗中吧。

目前我除了把那些沉澱物以這種形式的素描整理出來之外，別無其他辦法。這是不是正確的作法？我也不知道。如果有人問起是否應該把他們寫成真正的小說，我也只能聳聳肩，並且引用某一位殺人犯的主張「所有的行為皆是善行」而已了。對我來說，這種原料，只能以這種風格整理出來，除此之外，就沒有其他應該採取的辦法了。

我之所以稱呼在這裡的文章為「素描」，是因為他們既非小說，也非非小說（nonfiction）。原料總歸是事實，載體總歸是小說。如

　　　　はじめに・回転木馬のデッド・ヒート

果每一個話題之中，有什麼奇怪的地方或者不自然的地方，那是因為那是事實的關係。如果讀起來不需要太多忍耐的話，那是因為小說的關係。

聽別人的事情聽得越多，而且透過這些事情，窺視人們的生活越多，我們越會被一種無力感所捕捉。所謂沉澱物就是有關那種無力感。我們哪兒也去不了則是這無力感的本質。我們雖然擁有容納我們自身嵌入其中的所謂我們的人生這種運行系統，然而這系統同時也規定了我們自己。這就很像迴轉木馬。它只在固定的場所，以固定的速度巡迴轉動著而已。什麼地方也去不了，既下不來，也不能轉車。既不能超越別人，也不會被別人超越。不過雖然如此，我們依然在這樣的迴轉木馬上，看起來彷彿朝著假想的敵人，拚命往終端展開猛烈的衝刺似的。

所謂事實這東西，有時候會反映出既奇怪又不自然的樣子，或許

就是因為這緣故吧。我們稱之為意志的某種內在的力量中，壓倒性多

數的部分，都是在發生的同時，便已經喪失了，只是我們卻無法承認

這事實，而這空白便在我們人生各色各樣的位相上，帶來奇怪而不自

然的歪斜扭曲。

至少我是這麼想的。

　　　　　　　　　はじめに・回転木馬のデッド・ヒート

レーダーホーゼン

──雷徳厚森──

我開始想把收錄在這本書裡的一連串類似素描的東西寫出來，是在幾年前的夏天。在那之前我從來沒想過要寫這種類型的文章，而且，如果她沒有告訴我這件事——而且如果沒問我，這樣的話題能不能做為小說題材的話——我很可能就不會寫這本書。因此在這層意義上，為我擦亮火柴的應該說是她。

然而，從她擦亮火柴開始，到那火燃燒到我身上來，倒是花了很長的時間。附在我體內的導火線裡，有某些東西是距離非常長的。有時候太長了，長得甚至超過我自己的行動規範或感情的平均壽命。這麼一來，即使那火好不容易到達我的身體，卻已經看不出那有任何意義了。不過這次的情況，燃燒總算在那限制時間內發生，結果我終於寫出這篇文章。

告訴我這件事的是我妻子以前的同班同學。雖然她和我妻子在

學生時代並不特別親密，不過在超過三十歲以後，偶然在一個地方碰巧遇到，由於那次的契機，從此以後兩個人變得經常有往來。我常覺得朋友對丈夫來說沒有比妻子朋友更奇妙的存在了。不過對她倒從第一次見面開始就有某種好感。以一個女性來說她算是體型高大的，無論身高或體型幾乎都和我差不多。職業是電子琴老師，不過除了工作之外的時間，大多分配在游泳、網球或滑雪，因此肌肉結實，總是曬得很健美。她對各種運動的熱情態度，就算以狂熱來形容都不為過。

每逢放假的日子，她早上跑完晨跑之後，就到附近的溫水游泳池去游泳，下午打兩、三小時網球，甚至還做有氧運動。我雖然也算很喜歡運動，不過無論在質或量方面，都遠不及她。

然而雖說狂熱，但她絕對不是對各種事情具有病態的、褊狹的或攻擊性的傾向。相反的，她基本上個性很穩定，而且也不會在感情上

對別人有什麼壓迫感。只是她的肉體（還有或許那肉體上所附隨的精神）就像彗星一樣，希求著永不間斷的激烈運動而已。

雖然不知道是不是因為這樣，她是單身的。當然——這麼說是因為雖然個子稍大但還算長得滿漂亮的，所以——談過幾次戀愛、曾被求婚過，她自己也想過要結婚。不過一旦到了面臨結婚的階段，每次一定有某種想不到的障礙產生，而使得結婚的話題煙消霧散。

「運氣真不好。」妻子說。

「是啊。」我也同意。

不過我並不完全同意妻子的意見。確實人生的某些部分，或許是被所謂命運這東西所支配的。而且那好像斑斑點點的影子一樣把我們人生的地面染上陰影。不過雖然如此，假如其中有所謂意志這東西存在的話——而且那是能夠做到跑步二十公里、游泳三公里那麼堅強

雷德厚森

的意志的話──我想大多的麻煩應該都能夠用像是方便的梯子似的東西來解決。她之所以不能結婚，我想是因為她打心坎裡不希望這樣做。換句話說結婚這件事，並沒有包含在她精力彗星的範圍之內──至少不是全部在內。

於是她便繼續當個電子琴老師，只要一有時間就努力運動，並定期地談談運氣不佳的戀愛。

自從大學二年級時，父母親離婚之後，她就一直在外面租房子一個人過日子到現在。

「是我媽把爸甩了。」有一天她這樣告訴我，「原因是短褲。」

「短褲？」我吃驚地反問她。

「事情實在很怪。」她說，「因為太不合常情了，所以很少對外人提起，不過因為你寫小說，或許有點幫助也說不定。要不要聽？」

「務必說來聽聽。」我說。

那是一個下著雨的禮拜天下午，她到我家來的時候，我妻子正好外出買東西。因為她比約定的時間早來了兩個小時。

「不好意思。」她道歉說。「原來預定打網球的，因為下雨泡湯了，這麼一來時間多出來，一個人在家反正也無聊，所以我想提早些來，不曉得是不是打擾了？」

「沒什麼打擾的。」我說。我也碰巧沒什麼工作情緒，正把貓抱在膝上，一個人心不在焉看著錄影帶的電影。我請她進來，再到廚房泡咖啡。然後兩個人一面喝咖啡，一面把《大白鯊》的最後二十分鐘看完。本來兩個人以前都看過這部電影好幾次了，因此並沒怎麼特別專注欣賞。反正只是因為必須看點什麼，所以才看的。

不過，電影的劇終標誌出現之後，妻子依然還沒回來，我便和她

隨便閒聊起來。我們談到鯊魚、談到海、談到游泳的事。可是妻子還是沒有回來。前面已經提過我對她印象還算不錯，雖然如此兩個人面對面要交談一個小時，我們之間共有的事項明顯不足。畢竟她是我妻子的朋友，不是我的朋友。

然而正當我不知如何是好，正考慮著是不是要看下一部電影時，她卻突然提起父母親離婚的事。我不知道為什麼她在毫無脈絡之下（至少我從游泳的話題和雙親離婚的話題之間，沒辦法找出明確的脈絡），會提出那樣的話題。或許這裡面有什麼原因吧。

「短褲並不是正確的名稱。」她繼續說，「正確說應該是雷德厚森（Lederhose），你知道什麼是雷德厚森嗎？」

「德國人常穿的半長皮褲吧？上面有吊帶的。」我說。

「對。我父親希望要一件當伴手禮。也就是雷德厚森。我父親在他們那一代的人來說是身材相當高的，體型應該很適合穿那種半長短褲。所以他很想擁有那樣的東西。我倒覺得雷德厚森不太適合日本人穿，不過每個人喜歡的東西各有不同。」

我為了讓話題輕鬆起來，便問她父親是在什麼樣的狀況下，託誰買雷德厚森當伴手禮的。

「不好意思，我說話總是顛三倒四的，所以如果有什麼聽不懂的地方請別客氣，儘管提出來。」她說。

「我會的。」我說。

「我母親的妹妹那時候住在德國，她邀我母親去玩。母親一點也不懂德語，也從來沒到國外旅行過，但因為當了多年的英語老師，總是很想出國走一趟。再說也很久沒和那位阿姨見面了。因此便向父親

提議，要不要請個十天左右的假，兩個人一道去德國，不過父親因為

工作上的關係，無論如何都沒辦法請假，所以母親只好一個人去。」

「就在那時候妳父親提出幫他買雷德厚森回來的要求，對嗎？」

「對，就是這樣。」她說，「母親問他要帶什麼禮物回來，父親

回答說想要雷德厚森。」

「原來如此。」我說。

根據她的話，那時候她父母親的感情還算是比較親密的。至少已

經不會在半夜裡大聲吵架，或者父親一生氣就幾天不回家之類的。過

去父親有女人的時候，那類事情曾經發生過好多次。

「個性其實不壞，工作也很認真，只是在男女關係方面似乎比較

隨便。」她好像在談別人家的事似的，以淡淡的口氣說道。使我一時

之間還懷疑她父親是不是已經過世，結果她父親仍然健在。

　　　　　　　　　　　　　　　　　レーダーホーゼン

「不過那時候父親也有了相當的年紀，不再惹那類的麻煩，看起來應該可以繼續維持親密關係的啊。」

不過實際上事情並沒那麼順利。母親當初預定應該是十天的德國之旅，結果卻在幾乎毫無聯絡之下延長到一個半月，好不容易回國之以後，又到大阪另一個妹妹家住下來，從此就沒再回過家。

為什麼會變成這樣？做女兒的她，或做丈夫的她父親都沒辦法了解。因為過去縱然夫妻之間曾經有過幾次不和的情況，但基本上她母親是很會忍耐的——有時候甚至令人懷疑她是不是想像力不足，才會那麼能夠忍耐——是一個把家庭看得很重的人，而且也很溺愛女兒。

因此，她居然會連家也不回，甚至幾乎都不聯絡，這對他們來說是絕對無法理解的事。到底接下來還會發生什麼事，他們一點也料不到。

她和父親打了好多次電話到大阪的阿姨家，母親也幾乎不來接電話，

她甚至連追問那真正的原因都不可能。

母親真正的意向，是在她回國後經過兩個月左右的九月中旬，大家才弄清楚的。有一天她突然打電話回家，向丈夫說：「我會寄上離婚所需的文件，希望你在上面簽名蓋章再寄回來。」父親質問原因到底是什麼。母親當時立即回答，因為我對你已經不再有任何形式的愛情了。父親問彼此之間是否還有轉圜的餘地，她斷然表示完全沒有餘地。

之後的兩、三個月，雙親之間持續藉著電話爭執、交涉或探詢，但結果母親依然一步也不肯退讓，父親最後只好放棄，同意離婚。由於過去的種種事情，父親這邊本來就有無法採取強硬態度的弱點，再加上原來個性就是任何事情都很容易放棄的人。

「我覺得那件事給了我很大的打擊。」她說，「不過那並不是單

29──28　　　　　　　　　　　　　　　　レーダーホーゼン

純指離婚這行為本身給我的打擊。因為過去好幾次我都想像過他們可能會離婚，對這點，我覺得自己已經有了心理準備。所以如果在相當正常的情況下兩個人離婚的話，我應該不會那麼混亂。問題是母親不但遺棄了父親，同時也把我給遺棄了。這一點使我非常混亂，深深受到傷害。你了解嗎？」

我點點頭。

「過去我一直都站在母親這邊，而且我覺得母親也信任我。結果母親竟然沒有任何稱得上是說明的說明，就把我和父親一起甩掉了。

對我來說，這種態度未免太過分了，之後有好長一段時間，我沒辦法原諒母親。我寫了好幾封信給母親，要求她把各種事情做個清清楚楚的說明，然而母親對這些什麼也沒說，甚至提都沒提過想跟我見面呢。」

事實上她和母親見面，是在那三年之後。由於親戚的葬禮，兩個人才總算在那兒碰了面。她已經大學畢業，以電子琴老師的職業維持生計，而母親則在英語補習班當老師。

葬禮之後，母親向她坦白道出：「以前我什麼也沒對妳說，是因為我不知道到底該怎麼說才好。」

「連我自己都很難掌握事情的發展。」母親又說，「不過一開始是因為那條短褲。」

「短褲？」她和我一樣驚訝地反問道。雖然那個時候本來打算從此不再和母親說話的，不過結果好奇心還是戰勝了憤怒。她和母親還穿著葬禮衣服，就一起進了附近的一家喫茶店，一面喝著冰紅茶，一面談起那短褲的事情。

那家賣雷德厚森的店，位於從漢堡搭電車大約一小時左右的小鎮裡。母親的妹妹幫忙打聽出那家店的情形。

「德國人都說，要買雷德厚森的話，那家店最好。不但做工非常講究，而且價錢也不怎麼貴。」她妹妹說。

母親一個人搭了電車，為了買給丈夫當伴手禮的雷德厚森，而到那小鎮去。她在列車上和一對德國的中年夫婦同一個包廂，用英語聊起天來。她一說：「我現在要去買雷德厚森當伴手禮。」夫婦問她：「妳打算去什麼地方的店買？」她把店名說出來，兩個人異口同聲說道：「那一定錯不了，那家店是最好的。」因此她的決心就更堅定了。

那是一個令人非常舒服的初夏午後。穿過小鎮的河流發出清爽的水聲，岸邊翠綠的草葉迎風輕搖。卵石鋪成的古老街道，畫著和緩的

曲線無邊無際地延伸出去，到處看得見貓的形影。她看到一家小咖啡店便走了進去，在那兒吃了乳酪蛋糕充當代替午餐，並喝了咖啡。街道風景優美而寧靜。

她喝完咖啡之後，正在和貓玩耍著時，咖啡店主人走過來問她，「待會兒妳要到什麼地方嗎？」她說明是來買雷德厚森的，主人便拿了便條紙來，把那家店的位置畫了一張地圖。

「謝謝。」她說。

一個人旅行是一件多麼愉快的事啊！一面走在卵石鋪道上她一面這樣想著。仔細想來這對她來說，是五十五年的人生之中第一次的獨自一個人旅行。在德國一個人旅行的時候，她從來沒有感覺到寂寞、害怕或無聊過。所有的風景都那麼新鮮，所有的人都那麼親切。而這一類的種種體驗，把她長久以來一直沒有用過，卻在她體內睡著了的

　　　　　　　　　　　　　　　　　レーダーホーゼン

形形色色的感情都一一喚醒了。而她到目前為止一直珍惜地捧著過日

子的許多事物——丈夫、女兒、家庭——現在卻在地球的另一邊。對

於這些她絲毫沒有必要憂心煩惱。

賣雷德厚森的商店很容易就找到了。雖然是一家既沒有櫥窗也沒

有氣派招牌的古老小店，但透過玻璃窗往裡面探望時，就看得見一整

排的雷德厚森。她推門走了進去。

店裡有兩個老人正在工作。兩個人一面小聲地說著話，一面量著

布料的尺寸，或在筆記上寫下什麼。用簾布隔開的裡間好像是更寬的

作業場所，從那兒傳來單調的縫衣機的聲音。

「女士，有什麼事嗎？」個子較高大的老人站起來用德語開口招

呼。

「我想買雷德厚森。」她用英語說。

「是您要穿的嗎？」老人操著有腔調的英語。

「不是。是要買回日本送給丈夫的。」

「哦？」老人說，考慮了一會兒，「那麼，您先生現在不在這兒囉。」

「是的，當然不在。因為在日本哪。」她回答。

「那麼，這就產生了一個問題。」老人一面謹慎地選擇著詞句一面說：「也就是說我們不能夠把商品賣給不存在的客人。」

「我丈夫是存在的。」她說。

「那倒是。您先生是存在的，那當然。」老人慌忙說，「我的英語說得不好，請見諒。我的意思是，嗯，如果您先生不在這兒的話，我們就沒法子賣給您，您先生要的雷德厚森。」

「為什麼？」她頭腦混亂地問。

「這是本店的原則、principle。我們必須先請來到店裡的客人，穿上適合他們體型的雷德厚森，再做細微的調整，然後才能出售。在百年以上的歲月裡，我們都是這樣在做生意的。就是在這樣的方針之下，我們才逐漸建立起信用的。」

「可是我為了買貴店的褲子，花了半天時間特地從漢堡過來呢。」

「真抱歉，女士。」老人一副實在很抱歉的樣子說，「不過不容許有例外。因為在這麼不確實的世界上，再也沒有比信用更難得而又容易喪失的東西了。」

她嘆了一口氣，在門口站了一會兒。然後動起腦筋，看看有沒有什麼可以突破的法子。在那之間，高個子的老人向矮個子的老人用德語說明著狀況。矮個子的老人一面聽著，一面連連點了好幾次頭說，

「Ja，Ja（對、對。）」兩個老人雖然個子相當不同，然而長相卻可以說是一模一樣的相像。

「唔，那麼這樣好不好？」她提議說，「我去找一位體型和我丈夫一模一樣的人，把他帶到這裡來，然後請他穿上短褲，讓你們調整過後，再賣給我。」

高個子的老人以詫異的眼神凝視著她的臉。

「可是啊，女士，這是違規的。要穿褲子的不是那個人，是您的先生，而我們又知道這件事。這不行啊。」

「你們當做不知道就行啦。你們把雷德厚森賣給那個人，我再向那個人買。這樣的話你們的原則依然沒有被破壞，不是嗎？請你們好好考慮。我想我以後不會再來德國。所以如果現在我沒有機會買雷德厚森，我就永遠也得不到了。」

「嗯。」老人說。沉思了一會兒，再度開始向矮個子的老人用德語說明。高個子的老人說完以後，輪到矮個子的老人用德語一連說個不停。就這樣繼續輪番說了幾次之後，高個子的老人終於轉向她說。

「好的，女士。」他說，「例外地——純屬例外地——我們就當做不知道事情的來龍去脈。因為特地老遠從日本來買我們的雷德厚森的客人並不是那麼多，而且我們德國人也並不是那麼死板。就請您盡量找一位和您先生體型相似的人。我哥哥也這麼說。」

「謝謝。」她說。然後向那位做哥哥的老人用德語說：「非常感謝您（Das ist sehr nett von Ihnen）。」

她——我是指正在告訴我這件事的那位做女兒的——說到這裡時

嘆了一口氣，把兩手重疊放在桌上。我把變涼的剩下的咖啡喝完。雨還繼續下著，妻子依然還沒回來。我完全無法預測事情往後是怎麼展開的。

「然後呢？」為了想早點聽到結尾，我插嘴道，「結果妳母親有沒有找到一位和妳父親體型很像的人？」

「有。」她面無表情地說。「找到了。母親坐在長椅上望著路過的行人，從裡面選了一位和我父親體型一模一樣，而且盡量看來像個好人的人，就不管人家願不願意──因為那個人完全不會說英語──便帶他到店裡去。」

「聽起來是很有行動力的人啊。」我說。

「我也搞不清楚。因為在日本的時候，應該算是屬於比較老實而本分的人哪。」她又嘆了一口氣說，「不過，總而言之，那個人在店

裡的人說明了事情的原委之後，便答應了，說要是這樣的話很樂意充當模特兒。於是穿上雷德厚森，讓店裡的人在好些地方放長縮短的。

而且在那之間，那個男人和兩個老人還用德語講著笑話，有說有笑的。然後大約三十分鐘之後，他們作業完成時，母親已經下定決心要和父親離婚了。」

「到底怎麼回事我沒聽懂。」我說，「也就是說，在那三十分鐘之內發生了什麼事嗎？」

「不，什麼也沒有發生。三個德國人一團和氣地在互相講笑話而已。」

「那麼，為什麼妳母親在那三十分鐘之間，能夠下定決心要離婚呢？」

「這點連我母親也一直不明白。所以我母親的心也非常亂。母親

所知道的是，一直注視著那個穿上雷德厚森的男人時，對父親無法忍耐的厭惡感，忽然像泡沫一樣從身體深處一直湧上來。她對這個一點辦法也沒有。那個人──那個幫忙代為穿上雷德厚森的男人──除了膚色不同之外，體型真是跟我父親一模一樣。從腳的形狀、腹部的形狀，甚至到頭髮變稀薄的情形都像。而且那個人穿上新的雷德厚森，還很愉快地搖擺著身體笑著呢。母親看著那個人的時候，覺得自己體內過去一直模糊不清的一種想法，已點滴凝固成形，逐漸變得明確清晰。母親這才終於明白自己是多麼激烈地憎恨著丈夫。」

我妻子買東西回來了，她們兩人開始談起話之後，我還一個人一直在想著那有關雷德厚森的事。三個人一起吃飯，接著又稍微喝了一點酒的時候，我還在繼續想著那件事。

「然後，妳就不再恨妳母親了嗎？」我趁著妻子離開座位時，這麼試著問她。

「是啊，已經不再恨了。雖然也絕對談不上親密，至少我想是不恨了。」她說。

「那是自從她告訴妳短褲的事之後嗎？」

「對，就是這樣。我想是，聽完那段話之後，我已經沒辦法再繼續恨我母親了。雖然我也無法解釋清楚到底為什麼，不過我想一定是因為我們兩個都是女人的關係吧。」

我點點頭。

「還有如果——如果剛才那件事把短褲的部分剔除，假定只是一個女人在旅行的途中獲得自立的話，妳會不會原諒妳母親把妳遺棄了呢？」

雷德厚森

「不會。」她立即回答，「這件事情的重點在於短褲啊。」

「我也這麼想。」我說。

タクシーに乗った男

——計程車上的男人——

那已經是幾年前的事了，我曾經用筆名為一個小美術雜誌做過類似畫廊訪查的工作。雖說是畫廊訪查，其實我對繪畫完全是個門外漢，因此並沒寫什麼專門性的報導，只不過以輕淡的筆調，整理一些畫廊氣氛或畫廊主人印象之類的東西而已。對我來說，這其實不是我刻意想去做的，只因某種契機，碰巧開始做了而已，然而以結果來說，卻變成一件相當有趣的工作。那時候因為我自己也開始寫小說不久，因此覺得和各種不同的人見面，聽他們說話，並整理成報導，這種作業對寫文章來說，是很好的學習。我盡可能深入注意觀察社會上的人們在想什麼，他們如何把這想法用語言來表達，我巧妙地將其截取，並努力重新構築在我自己的文章裡。

這連載報導持續了一年之久。因為雜誌是隔月發行的，因此總共是六次。編輯部（其實說來只有編輯一個人而已）介紹了幾家可能有

點意思的畫廊給我，而我便親自去走一遭，從其中選一家來報導。篇幅大約是四百字稿紙十五張左右，不過因為我自己個性說來是屬於有點笨拙而怕生的，因此剛開始工作頗不順利。簡直不曉得該問對方什麼，該如何整理才好。

不過反覆幾次下來，一再嘗試和錯誤的過程中，我總算找到了一個像是秘訣的東西。那就是在採訪時應該去發掘被採訪者心中不同於一般人的，某種崇高的、敏銳的、溫暖的部分。不管是如何細緻的點都沒關係。每一個人心中必然有形成那個人中心的一點存在。只要成功地探索出這點，採訪的問題自然會出來，跟著也就能寫出一篇生動的報導。這聽起來不管有多麼陳腐，然而最主要的重點不外乎愛情和理解。

從此以後，採訪的工作雖然做過許多，不過對採訪的對象，到

最後為止連一點感情都沒產生的例子則只有一次。那是為了寫某個週刊雜誌的大學訪查報導，而到一家有名的私立大學取材時，我花了將近一星期時間走訪，聽到的卻只有權威、腐敗和不誠實。採訪了包括校長、系主任在內將近十個人的教員，其中只有一位能夠談點正常的事，而那位副教授是剛剛在兩天前提出辭呈的。

不過，那件事已經結束了。還是回到和平的畫廊話題吧。我所走訪的畫廊，幾乎都是些和權威無緣的小地方的畫廊。我和一位比我大三或四歲，高個子的攝影師兩人一組到畫廊去，我和畫廊主人談話，他就在那時候拍些室內的照片。

採訪大致結束後，我總是會向那畫廊的主人提出同樣一個問題。

到目前為止，您所看過的畫作之中最有衝擊力的作品是什麼，這樣的問題以一個採訪問題來說，並不算怎麼高明。就像問一位小說家，讀

過的小說中最喜歡哪一本一樣，問題太模糊了。如果回答「那太多了，不知從何說起呀」，重複過許多次的老套說詞就沒轍了。不過雖然如此，我依然每次訪問都要重複這個問題。因為我覺得一來對以美術為職業的人問這種問題，是恰如其份的合理採訪；二來如果順利的話，或許可以聽到什麼有趣的事也不一定。

告訴我名為〈搭計程車的男人〉那幅畫的事，是一位四十歲左右的女畫廊主人。她絕對稱不上美，但卻有一張立刻能使人感覺心境舒坦的高雅臉孔。穿著一件打了大蝴蝶結的白襯衫，粗呢裙，纖秀的黑色高跟鞋。腳天生不好，當她走過貼木地板時，不均勻的腳步聲便在空曠的室內，像釘楔子般的響著。

她在青山一棟建築物一樓經營以版畫為主的畫廊。那時牆上裝飾

的版畫，在像我這種外行人看來，都覺得是高明的作品。可是，她的人格之中潛藏著某種像是磁力般的東西，那種奇妙的力量，使我覺得和她有關的事物，看來都比實際上更光輝燦爛。

當應有的採訪結束時，她開始收拾咖啡杯，並從櫥架上取出紅酒瓶和玻璃杯，邀我和攝影師喝，也在她自己的玻璃杯裡倒了酒。她的手指非常纖細而年輕。在裡面的房間裡，看來應該是她的Burberry風衣和灰色喀什米爾羊毛圍巾一起掛在衣架上。辦公桌上放著鴨子形的玻璃紙鎮和金色的小剪刀，那是十二月初的時節，設在天花板上的小型音響喇叭，正小聲地播著聖誕歌曲。

她站起來穿過房間，不知從什麼地方拿了香菸盒回來。然後以細長的金色打火機點著，細細的煙由嘴裡吐出來。如果沒聽見腳步聲的話，她的身子簡直看不出任何不自然的部分。

「最後我想再請教一個問題，可以嗎？」我說。

「當然，請說。」她說。然後嫣然一笑。「不過這種口氣，你不覺得好像電視劇裡的刑警嗎？」

我笑了。攝影師也笑了。

「在妳過去的經驗中，什麼樣的畫帶給妳最大的衝擊？」我問。

她默默考慮了一會兒，然後把香菸在菸灰缸裡弄熄，看著我的臉。

「對這個問題的答案，要看『衝擊』這字眼的意思指的是什麼。什麼叫做『衝擊』。是指藝術性的感動之類的，還是更純樸的震驚、印象之類的？」

「我想倒不一定需要藝術性的感動，」我說，「我的意思是切膚性、生理性的震驚。」

「如果沒有切膚性的震驚，我們的職業就無法成立了。」她笑著說，「這種東西那邊就堆了一大堆。最缺少的你不覺得反而是藝術性的感動嗎？」

她拿起玻璃杯，用葡萄酒潤濕嘴唇。

「問題是——」她說，「誰也沒認真在追求感動。你不覺得嗎？你也在寫文章，沒有這種感覺嗎？」

「或許是吧。」我說。

「藝術性的感動，不方便的地方在於無法適當地以言語表達。」

她繼續說：「就算能夠表達，也會變得非常的刻板。千篇一律，大時代、平庸……簡直像恐龍一樣。所以大家都在追求更簡潔而簡便的東西。還有餘地容納自己的表現的東西，或像電視遙控器一樣，可以啪啪快速切換頻道的東西。至於稱呼，不管是切膚性的衝擊或感性……

都可以。」

她在三個空了的玻璃杯裡注入葡萄酒，點起新的菸，「說得太兜圈子了。」

「滿有意思的。」我說。

空調機的微弱聲響、加濕機的排氣聲和聖誕歌曲輕聲混合，形成奇妙而單調的聲音。

「如果不必侷限於藝術性的感動或切膚性的衝擊的話，我想我倒可以談一談在我心中印象深刻的一幅畫。或者應該說是跟這一幅畫有關的事情，這樣是不是可以？」

「當然可以。」我說。

「那是一九六八年的事。」她說，「我本來是想當畫家去到美國東部的一所美術大學留學的，可是畢業後依然留在紐約，為了養活自

己——或者也可以說因為對自己的才能已經不再指望什麼了——於是開始做起類似採購的工作。也就是到紐約一些年輕畫家或無名畫家的畫室走動，如果發現看來素質不錯的東西，就成批買下來寄給東京的畫商。剛開始的時候，我先寄彩色照片的底片過去，東京的客戶從其中選出中意的，而我則在當地購買，是這樣的系統。不過漸漸建立信用之後，我也可以根據自己的判斷直接買畫了。除此之外我在格林威治村的畫家圈子裡已經擁有相當扎實的情報網或者說是關係吧。因此誰在做些什麼有趣的事或誰正為錢傷腦筋之類的情報，全部會傳到我的耳朵裡來。所謂一九六八年格林威治村，那真是不得了，你知道那年頭的事吧？」

「那時我是大學生。」我說。

「那麼我想你該知道。」她說著自己點點頭。「那裡什麼都有。

真的是什麼都有。從最高到最低，到百分之百的價品……對於從事像我這類工作的人來說，那個時代的格林威治簡直是寶山一樣。只要你有點眼光，就可以遇到其他時代的其他場所無法遇到的傑出人才或有力的嶄新作品。事實上，我那時候寄回東京的作品，很多現在已經很有價值了。那時候如果為自己留下幾幅的話，我想現在我已經變成小富婆了，不過可惜那時候我真的沒錢……所以很遺憾。」

她把放在膝上的兩手向上攤開，然後嫣然一笑。

「不過當時我倒是例外地為自己買了一幅畫，唯一的一幅，〈搭計程車的男人〉就是那幅畫的名稱。但遺憾的是這既非藝術上特別優越，也不是手法上怎麼傑出，更不是雖然粗糙卻能看出才能之芽的東西。作者是無名的捷克流亡畫家，後來在沒沒無名之下消失無蹤。所

以畫的價格一直抬不高……你不覺得奇怪嗎？為別人選的盡是些會漲價的畫，為我自己選的唯一的一幅畫卻完全沒有價值……不過事情總是這樣的。」

我適度地略表同感之後繼續等待事情的下文。

「我到那位畫家的公寓去時，是一九六八年九月的一個下午。雨剛剛停，整個紐約簡直像蒸籠一樣。那位畫家的名字我已經忘了。你也知道東歐人的名字不換成美國式的話是非常難記的。把他介紹給我的是一位和我住同一棟公寓、學畫的德國學生。他來敲我房門說：『智子，我有個朋友，是個非常缺錢的畫家。如果妳方便的話，能不能明天過去看看他的畫？』『OK，』我說，『不過他有沒有才華？』『大概不太有吧。』他說，『不過人是很好。』於是我們就到那個捷克人住的公寓去。那時候的格林威治村就是這樣。怎麼說好呢

……好像大家會漸漸互相依靠的一個地方似的。」

她在那位捷克人住的極髒的公寓房間裡，看到二十多張畫。捷克人二十七歲，三年前才剛越過國境逃亡出來。他在維也納住了一年，然後來到紐約。把妻子和幼小的女兒留在布拉格。他白天在公寓裡畫畫，夜裡在附近的土耳其餐館工作。他說「在捷克沒有表現的自由」。不過眼前他所需要的是比自由表現更基本的東西。正如德國學生說的，他缺少所謂的才華。

她心中嘀咕著：「他應該留在布拉格的。」

那捷克人的畫在技術上有些應該局部一一去看。尤其是用色有時會令人吃一驚。也有相當優秀的筆觸。可是就僅此而已了。從行家的眼光來看，畫到這裡就完全停止了。沒有所謂意識的擴張之類的東

タクシーに乗った男

西。同樣是停止下來，他的畫連藝術的「死胡同」都還沒達到。只有

「達到極限」了「如此而已（That's all）」。

她稍微瞄了德國學生一眼，他的表情在無言之中所訴說的結論也

和她一樣──「如此而已（Das ist alles）」。只有捷克人還怔怔的以

不安的眼神，牢盯著她的一舉一動。

　　正要向捷克人道謝離開這公寓的時候，放在門邊的一張畫，忽然

捕捉了她的眼睛。大約二十吋電視畫面那麼大的橫幅畫。和他的其他

畫不一樣，這張畫好像有什麼在裡面呼吸著似的。並不怎麼樣，只是

某種些微的東西。一直凝神注視的話，就會逐漸消失掉似的那種程度

的東西。然而不管多麼微弱，它確實活在畫裡。她拜託捷克人把其他

的畫全部靠到一邊，讓牆壁空出一片完全潔白的空間，她把那幅畫立

在那兒，一直注視著。

「這是我到紐約以後所畫的第一張畫。」捷克人好像有點忐忑很快地說，「我到紐約的第一個晚上，站在時代廣場的角落裡，一連幾小時一直望著街道。然後我回到房間裡花了一個晚上畫出來的。」

那是坐在計程車後座的一個年輕男子的畫。如果以照相來說，是從前座的正中央，以稍微廣角的鏡頭拍下來的男人的樣子。男人臉朝旁邊望著窗外。是個英俊男士。晚禮服裡白色的正式襯衫，黑色領結，還有白圍巾。好像是個混得不錯的舞男，卻不是舞男。要當個舞男，他還缺少一點什麼。簡單來說，他缺少像似凝聚的飢渴感似的東西。

這並不是說他不飢渴。哪個年輕男子不飢渴？只是他身心的飢渴，採取了太模糊的形式了，以至於從旁人看來──或者以他自己的

　　　　　　　　　　　　　　タクシーに乗った男

眼睛看來——那會讓人感覺像是另外一種，正在發展中的觀點（Point of view）。那簡直就是藍色的煙靄，雖然知道它是存在的——卻捕捉不到。

正好像這一樣，像那藍色的煙靄一樣，夜籠罩著那輛計程車。從車後擋風玻璃，可以看見那夜的顏色。只能看見夜的顏色。在藍色之中，流入黑色和紫色。非常優美的顏色。就像艾靈頓公爵大樂團的調子一樣，優雅而厚重。如果用手觸摸，好像五根指頭都會完全被吸進去似的那麼厚。

男人往旁邊看，但其實他什麼也沒看。不管窗玻璃的對面能看見什麼，那風景在他心中不會留下絲毫傷痕。車子繼續往前行駛。

「男人要去哪裡？」
「男人要回哪裡？」

畫中對這點沒有任何交代。男人只是包含在一個所謂計程車的限定框子裡。計程車只是包含在所謂移動這個它本來的原則之中。那只是移動，至於要去哪裡或要回哪裡，都無所謂。任何地方都行。那是一面寬大的牆壁中打開的一個黑洞。那既是入口，也是出口。

也就是說那個男人正在望著那黑暗。男人嘴唇乾燥，看起來極其渴望著香菸。然而由於某種原因，香菸遠在他的手不能到達的地方。他的顴骨凸出，下顎瘦削。暴力性的瘦削法。在那上面有一道簡直像傷痕似的細長陰影。一個眼睛所看不見的世界的無聲戰鬥所殘留下來的陰影。白色的圍巾覆蓋住那傷口的尖端。

「結果我付了一二○美元為自己買了那幅畫。一二○美元以一幅畫的價錢來說，並不是多高的金額，不過對當時的我來說，卻是有些吃不消的開支。我那時正懷孕，先生又失業。他本來在外外百老匯當

　　　　　　　　　　　　タクシーに乗った男

演員，就算說有份工作，但那也賺不了什麼錢。生活費大多都是我在賺。」

說到這裡她把話打住，好像在回憶過去似的喝了一口葡萄酒。

「妳喜歡上那幅畫對嗎？」我試著問她。

「畫我並不喜歡。」她說，「那幅畫本身剛才也已經說過，只不過是比素人畫家稍微好一點的程度而已。雖然不壞但也不好。我喜歡的是那畫中的年輕男子。為了看那男人我才買了畫。如此而已。捷克人因為自己的畫受到肯定而非常高興，德國年輕人有點驚訝。不過他也許永遠無法了解，我買那幅畫的真正原因。」

聖誕歌曲正好停了，隨著一聲啪噠的聲響，接著而來的是深深的沉默。她把手指疊放在她粗呢的裙上。

「我那時候二十九歲，若照世俗的說法，我的青春已經即將逝

去。我為了想當畫家來到紐約，結果沒能成為畫家。我的技巧不如我的眼光好。我沒有辦法靠自己的本事創作任何東西。而那畫中的男人……感覺上就像我自己所喪失的人生的一部分似的。我把那張畫掛在我公寓房間牆上，每天每天看著過日子。每次看見那畫上的男人，就讓我想起自己所喪失的東西之大。或者是小吧。

「我先生常常取笑我說，妳是不是愛上這個男的了。因為我總是默默地凝視那幅畫，所以他會那麼想。不過他錯了，我對他所抱持的感情，是所謂sympathy之類的東西。我所說sympathy既不是同情也不是同感，而是兩個人共同分擔著某種哀愁。你能了解嗎？」

我默默點頭。

「因為有太長一段時間一直在看那位計程車上的男人，因此他在不知不覺之間對我來說已經變成我的分身似的存在了。他了解我的感

受。我也了解他的心情。我了解他的哀愁。他被關在名為平庸的計程車裡，他無法從中逃出，永遠不能。**真的是永遠**。平庸將他生於斯，並將他埋沒於以平庸為背景的牢籠裡。你不覺得悲哀嗎？」

她閉起嘴唇，暫時落入沉默。然後再開口。

「總之就是這麼回事。既沒有藝術性的感動，也沒什麼衝擊。沒有所謂的感性也沒有切膚性的衝擊。不過如果問我心中印象最深刻的畫，大概只有這一張。這樣可以嗎？」

「還有一個問題，」我說，「那幅畫妳現在還保有嗎？」

「沒有了，」她立刻回答，「燒掉了。」

「什麼時候？」

「是一九七一年。一九七一年的五月。雖然好像才不久的事，其實已經將近十年了。一連發生了各種事情，我決心和我先生分手回

來日本。孩子也放棄了。細節我不想說。請讓我省略。那時候我想放棄一切，一切的一切。在那塊土地上我曾經擁有的一切夢想、希望和愛，或一切那類東西的殘像。我向朋友借了一輛小貨車，把屋子裡所有的東西搬上去開到一塊空地，澆上煤油燒掉。〈計程車上的男人〉也在裡面。那種景象你不覺得很適合配上感傷的音樂嗎？」

因為她微微一笑，所以我也微笑起來。

「對於把畫燒掉我並不惋惜。因為這樣一來我自己得到解放了，同時對他也是一種解放。他終於從平庸的牢籠裡被解放出來。我燒了他，並且也燒了我的一部分。那是一九七一年五月一個晴朗而舒服的下午。然後我就回日本來了。事情就是這樣。」說完她用手指了屋裡一圈。「就像這樣，我經營起畫廊。工作還算順利。怎麼說好呢？我想我大概有點商業本事吧。現在雖然還單身，不過也沒什麼不好。生

活倒也過得很快樂。不過關於〈計程車上的男人〉那件事，並不是一九七一年五月的下午在紐約那塊空地上就結束了，後來有下文。」

她從JPS香菸盒裡拿出香菸，用打火機點火。攝影師乾咳了一聲。我在椅子上變換一下身體的位置。香菸的煙慢慢升起，被空調的風吹散了似地消失。

「去年夏天，我在雅典的街上遇到他，就是他。就是畫中的〈計程車上的男人〉，不會錯，確實是他。就在雅典的計程車後座和他坐在一起。」

那完全是偶然。她正在旅行途中，傍晚六點左右，從雅典的埃及廣場前往巴西利西斯，在蘇菲亞斯大道之間搭了計程車，那位年輕男子在協和廣場附近上車，坐在她旁邊。在雅典只要路線一致，計程車

是可以沿路載客一起共乘的。

男人的身材修長，非常英俊。而且對夏天的雅典來說，穿晚禮服打領結是相當稀奇的。好像這就要去參加一個重要的宴會似的。一切的一切都和她在紐約買的畫中的男人一模一樣，絲毫不差。剎那間她以為自己一時迷糊得太離譜了。就像是突然跳進了錯誤的時間的場所一樣的感覺。覺得自己的身體好像浮在空中離地十公分一樣，頭腦完全空白，花了很長的時間才逐漸恢復過來。

「哈囉。」男的一面微笑一面對著她說。

「哈囉。」她幾乎反射性地回答。

「妳是日本人吧？」男的用漂亮的英語說。

她默默點頭。

「我去過一次日本。」他說。然後好像要測量沉默的長度似的在

空中將手指張開。「是巡迴公演。」

「公演？」她還心神恍惚地插嘴問道。

「我是演員。希臘國立劇院的演員。妳知道古希臘的戲劇嗎？

歐里庇得斯（Euripides）、埃斯庫羅斯（Aischylos）、索福克勒斯（Sophokles）⋯⋯」

她點點頭。

「總之在希臘。古老的東西最優越。」他說完微笑一下把話題告一段落，忽然把頭轉過去，看著窗外的風景。這麼說來，他看起來除了像演員之外什麼也不像。他長久望著窗外一動也不動。體育場大街因下班的車輛而雍塞著，計程車只能慢慢前進，男人卻並不在意，只是凝視著商店的櫥窗或電影院的看板。

她拚命試著整理腦子裡的東西。把現實好好放進現實的框子裡，

把想像確實放進想像的框子裡。然而雖然如此，事態依然絲毫沒有改變。她七月在雅典街上的計程車裡，和畫中的男人相鄰坐著。沒有錯誤的跡象。

不久車子終於穿過了體育場大街，經過憲法廣場旁邊，進入蘇菲亞斯大道。再過兩、三分鐘計程車就要到達她所住的飯店前面了。

男人還是沉默地注視著窗外。舒服的黃昏微風，正飄拂著他柔軟的頭髮。

「不好意思。」她向那男人開口說，「請問您是要去參加宴會嗎？」

「是啊，當然。」男的轉向她這邊說，「是宴會。一個非常盛大宴會。各種客人都會來。酒是免費供應的，大概要開到天亮吧。不過我半途就要離開。」

計程車停在飯店門口，負責接計程車的門僮把門打開。

「卡洛塔克西吉——（旅途愉快）。」男人用希臘語說。

「艾佛卡利斯多波里（非常感謝）。」她說。

目送計程車在黃昏擁擠的車流中消失而去之後，她走進飯店裡。

淡淡的黑暗就像一張被風吹動的薄膜一樣，在都市上空流連徘徊。她坐在飯店的吧檯喝了三杯伏特加東寧。酒吧裡靜悄悄的，除了她之外看不見其他客人，黃昏的黑暗也沒來到這裡。感覺簡直像是她自己的一部分還留在那輛計程車裡忘了帶下來似的。她的一部分還留在那輛計程車的後座，和那位穿著晚禮服的年輕演員一起正要去赴某個地方的宴會似的那種感覺。就像剛從一艘搖晃的船上下來，站在堅硬的地表時所感覺到的那種殘存感一樣。肉體在搖，世界是靜止的。

經過一段想不起有多久的時間之後，她身體裡面那種搖晃停止時，她心中的某種東西已經永遠消失了。她可以清楚地感覺到，某種東西結束了。

「他對我說的最後那句話還清清楚楚地烙在我的耳朵裡。『卡洛塔克西吉——旅途愉快』。」說著她兩手合放在膝上，「你不覺得這句話很棒嗎？每次想起這句話，我就會這樣想。我的人生雖然已經失去了大部分，不過那只是一部分結束了，以後應該還有什麼會從那裡獲得的。」

她嘆了一口氣，然後嘴唇稍稍往橫向擴張似的微笑。

「這樣有關〈計程車上的男人〉的事就結束了。完畢（That's all）。」她說，「話題扯太長了，真抱歉。」

「沒這回事。我覺得非常有意思。」我和攝影師說。

「這件事情有個教訓。」她最後說：「只有靠自己的體驗才能學到寶貴的教訓。那就是，人沒辦法消除任何東西——只能等它自己消失。」

她的話到此結束。

我和攝影師把玻璃杯中剩下的葡萄酒喝光，向她道謝之後離開畫廊。

我本想把她的事立刻整理在稿紙上，可是因為那時雜誌的篇幅有限，無法容納這篇記事，因此現在才能以這種形式發表，讓我總算鬆了一口氣。

タクシーに乗った男

プールサイド

——游泳池畔——

三十五歲那年春天，他認定自己已經繞過人生的折返點。

不，這種表現法不正確。如果要正確的說，應該是三十五歲的春天，他決心越過人生的折返點。

當然沒有任何人知道自己的人生能持續多少年。假定能活到七十八歲的話，那麼他人生的折返點應該是三十九歲，到三十九歲為止，還有四年的餘裕。而且以日本男性平均壽命和他自己的健康狀態一併來考量的話，七十八歲的壽命並不是什麼特別樂天的假設。

然而他對於把三十五歲生日認定為自己人生的折返點卻毫不猶豫。只要願意，他大可以把死一點一點往遠方推移。只是他想如果我繼續這樣下去一定會迷失明確的人生折返點。覺得妥當的壽命將會從七十八變成八十，從八十變成八十二，八十二變成八十四。於是人生便這樣一點一點被拉長。然後有一天，發現自己已經五十歲。要

以五十歲這種年齡當做折返點未免太遲了。到底有幾個人能活到百歲

呢？人就是這樣，在不知不覺之間迷失了人生的折返點。他這麼想。

過了二十歲左右之後，他就一直覺得所謂「折返點」這種想法，

對自己的人生應該是不可或缺的要素（factor）。他這想法的基礎

是：要想了解自己，就應該先知道自己站立處的正確位置。

或許這種想法，也受他進中學以後到大學畢業為止將近十年之

間，是以最佳游泳選手的身分度過，這件事情影響不小。游泳這種運

動，確實必須劃分區段。當指尖臨近游泳池端時，就像海豚一樣身子

在水中一躍，瞬間改變身體的方向，用腳底使勁蹬牆。然後衝向後半

段的二○○公尺。那就是轉身。

如果游泳比賽沒有轉身，也沒有距離標示的話，那麼要全力游完

四○○公尺的作業，一定和無法得救的黑暗地獄一樣。因為有轉身，

所以他可以把四〇〇公尺區分為兩部分。「這麼一來已經游完一半了」他想。接下來那二〇〇公尺又可以分一半。「這麼一來已經游完了3／4了」。然後再一半……就這樣把漫長的路程逐一細分下去。隨著距離的細分化，意志也細分化了。也就是說「總之先把下面的五公尺游完」。只要游完五公尺那麼四〇〇公尺的距離就縮短1／80了。唯有這樣想，他在水中時即使嘔吐或肌肉痙攣也能把最後的五十公尺全力游完。

不知道其他選手們到底是以什麼樣的想法在游泳池裡來回游的。

但對他來說，他覺得這種分割方式最適合他的性子，而且似乎也是最正常的想法。不管事物看起來是多麼巨大，不管面對時自己的意志又顯得多麼渺小，用「五公尺的量」來一一解決都絕不是不可能，這件事實，他是在五十公尺游泳池裡學到的。人生最重要的事，就是對掌

握正確形式的認知。

因此當第三十五次的生日逐漸逼近眼前的時候，對於把那當做自己人生折返點的事，他絲毫不覺得猶豫。沒有一點值得畏怯。七十年的一半是三十五年，他想這樣也就差不多了。假定過七十歲還活著的話，那自值得慶幸，就繼續活吧。可是在定義上他的人生是七十年。

他已經決定──要全速游完七十年。這樣的話我應該有辦法把這一生好好度過吧。

於是就這樣一半已經過完了。

他想。

一九八三年的三月二十四日是他第三十五次的生日。妻子送他一件綠色喀什米爾毛衣當禮物。天黑以後兩個人就到青山那家常去的餐廳開葡萄酒、吃魚。然後又在一家安靜的酒吧各喝了三杯或四杯的琴通寧gin-tonic。他決定不對妻子提到有關他對「折返點」下定決心的任何事。這類對事情的看法，在別人眼裡往往顯得很愚蠢，他是非常清楚的。

兩個人搭計程車回家，然後做愛。他洗完澡出來走到廚房，拿了罐裝啤酒回到臥室時，妻子已經睡著了。他把自己的領帶和西裝掛進衣櫥，把妻子的絲質洋裝悄悄折好放在桌上。把襯衫和襪子揉成一團丟進浴室的洗衣籠裡。

他坐在沙發上獨自喝著啤酒，望著妻子的睡臉有一陣子。一月裡她剛過三十歲。她還在分水嶺的那一邊，而他已經在分水嶺的這一邊‧‧‧

了。這麼一想總覺得很不可思議。他把剩下的啤酒喝完，然後雙手交叉在腦袋後面，無聲地笑了。

當然要修正是可以的。人生有八十年，只要這樣決定就行了。

那麼折返點就變成四十歲，他還可以有五年時間留在那一邊。然而對於這點，他的答案是ＮＯ。他在三十五之年已越過折返點，有何不可呢？

他到廚房去又喝了一罐啤酒。然後到起居室在音響前趴著躺下，戴起了耳機，聽布魯克納的交響樂直到深夜二點。每次在深夜一個人聽著長時間的布魯克納交響曲，他總會感覺到某種皮肉的喜悅。那是只有在音樂中才能感覺到的奇妙喜悅。時間與能量與才華的壯大消耗

……。

♠

我想聲明在先，我把他對我說的話，從頭到尾照樣記錄寫了下來。當然其中含有某種文章性的結構，並且獨斷地省略了一些我認為不必要的部分。也有些地方是根據我的問題所補充的細節。另外也運用了一點我的想像力，不過那只有微乎其微。然而就整體來說，這篇文章可以當做是照他所說的寫下來應該沒問題。他的敘述方式正確而有要領，該說的部分也能明確地描述狀況。他就是這種類型的人。

他在一家會員制健身俱樂部的游泳池畔的露天咖啡廳，告訴我這些事。

游泳池畔

♠

生日的第二天是星期天。他七點鐘醒來之後就燒了開水泡熱咖啡，吃萵苣和小黃瓜做的沙拉。很稀奇的是他妻子還睡得很熟。吃過東西他一面聽音樂一面認真地做了十五分鐘在參加游泳社團的時代長久練熟了的高難度體操。沖過冷水澡，洗了頭，刮了鬍子，並花了很長時間仔細地刷了牙。只沾了一點點牙粉，然後慢慢用牙刷把每一顆牙齒的裡面和外面都刷遍。牙齒和牙齒之間的污物則用牙線清。洗臉檯上光是他的牙刷就排著有三種之多。為了不養成任何特定的癖性，每次輪流用不同的牙刷。

當他完成這樣的一套早晨儀式之後，並不像平常一樣到附近去散步，卻以天生身體的姿態，站在脫衣室牆上裝的與人體等大的鏡子前

　　　　　　　　　　　　　　　　　　　プールサイド

面，試著仔細檢點自己的身體。畢竟這是後半生的第一個早晨哪。他儼然像醫師在檢查一個新生兒的身體一樣，帶著不可思議的感動，巡視著自己身體的每一個細部。

首先是頭髮，其次臉的肌肉、牙齒、下顎、手、腹、側腹、陰莖、睪丸、大腿、腳。他花了很長的時間一一檢查，在腦子裡列表記下加號和減號。頭髮比二十幾歲時多少薄了一些，不過還不至於令人擔心，到五十歲大概還能維持這樣吧，要不然以後再想辦法就行了，假髮也有不錯的，以我的情況來說頭形還不錯，所以即使禿頭也不至於太難看，牙齒從年輕時候開始就有了宿命性的蛀牙，因此裝了相當多顆的假牙，不過幸虧三年前開始就繼續仔細刷牙，因此已經停止惡化。牙醫說：「如果從二十年前開始就能這樣做的話，現在連一顆蛀牙也沒有啊。」確實說得很對，可是過去的事再嘆息也沒用。維持現

狀，事到如今這就是全部了。他試著問過牙醫到底自己的牙齒到了幾歲還可以咬東西。「到六十歲大概沒問題吧。」醫生說，「如果能像現在這樣繼續用心照顧下去的話。」這就夠了。

臉上肌肉的粗糙情形到底是和年齡相應的。因為氣色好，所以猛一看還顯得很年輕，只是靠近鏡子仔細看，皮膚上已有微細的凹凸。每年夏天都隨便亂曬太陽，很長一段時間香菸也抽過量。以後有必要用品質優良的乳液或面霜。下顎的贅肉比想像中多。這是遺傳的。不管怎麼運動，就算臉頰消瘦了，只有這裡看來像一層薄薄的積雪一樣的柔軟肉膜，就是絕對掉不下去。隨著年齡增加，這已經長定了。因此我和父親一樣有一天總會變成雙下巴吧。結果只有放棄，沒其他辦法。

至於腹部加和減大約各六分和四分。幸而靠運動和有計畫的進

食，腹部比三年前縮緊多了。以三十五歲來說算是上乘的。只是從側腹到背上的贅肉就不是粗略的運動可以消除了。轉身側向時，學生時代那種簡直像刀削過般的腰背銳線已經消失。性器並沒有什麼變化。和從前比起來似乎整體上少了幾分生氣，不過這也許是心理作用。做愛次數當然不如以往多，然而到現在為止還沒有過陽痿的經驗。和妻子之間也沒什麼性的不滿。

全身看來身高一七三公分，體重六十四公斤，他的身體保持得很年輕，周圍其他同年代的男士們的身體，簡直不能跟他比。即使說是二十八歲也絕對過得去。雖然肉體的瞬間爆發力衰退了，但光就持久力來說，他的肉體因為運動有素，因此甚至比二十多歲那時更進步了。

不過在仔細注意之下，宿命性的老化陰影正逐漸緩慢地覆蓋自己

的身體，這一切並沒有逃過他的眼光，在他腦子裡的檢查表上清晰刻下加號和減號的損益平衡表，就是這件事實的最佳證明。不管多麼能夠瞞過別人的眼睛，卻不能瞞著自己而活下去。

我正在老化中。

這是不可動搖的事實。不管多麼努力，人都無法逃避老化。就像蛀牙一樣。只要努力是可以延遲惡化，可是不管惡化多麼延遲，老化都必然會取走當取的那一分。人的生命就是這樣被設定的。年齡越大，付出努力的量和所能得到回報的量比起來，總是越來越少，最後終於變成零。

他走出浴室，用浴巾擦身體，躺在沙發很長一段時間，什麼也沒

做，只是呆呆望著天花板。隔壁房間裡，妻子正一面燙著衣服，一面和著收音機播出的比利喬的歌哼著。關於被關閉的煉鋼廠的歌。典型的星期天早晨。熨斗的氣味和比利喬和早晨的淋浴。

「年老本身老實說，對我並沒那麼恐怖。就像剛才說過的一樣。對這種難以抗爭的東西，要繼續對抗，這適合我的脾氣。所以這種事情既不幸勞也不痛苦。」他對我說。「對我來說，問題最大的是：更模糊的東西。我是指明明知道在那裡，卻無法好好面對它，和它抗爭的東西。」

「你是說，你感覺到有某種東西存在嗎？」我試著問他。

他點點頭，「我想大概是吧。」他說。然後雙手的手指在桌上不太自在地動著。「當然我也曉得一個已經三十五歲的男人，還在別人

面前把這種事情拿來講好像很愚蠢。不過我想任何人一生中都會有這一類無法把握的要素存在，你說是嗎？」

「應該是吧。」我同意道。

「可是，說真的，實際上這麼清清楚楚地感覺到這回事，對我來說還是有生以來的第一次呢。也就是感覺到自己內部潛在著某種難以名狀而無法把握的東西。所以我簡直就不知道該拿它怎麼辦才好。」

我無法開口說什麼，因此沉默不語。雖然他看來顯然正在混亂中，但是那種混亂狀態，自然有它所以混亂的道理存在。因此我決定什麼也不說，繼續聽他講下去。

他出生在東京郊外，昭和二十三年春天，戰爭結束還不久的時候。有一個哥哥，後來又有一個比他小五歲的妹妹出生。父親原來是

中堅級的不動產業者，後來以中央線沿線一帶為主從事大樓出租的行業，在六十年代經濟高度成長期事業做得相當成功。他十四歲時雙親離婚了，由於某種複雜的原因，三個孩子都留在父親家。

他從一流私立初中開始進入同系列的高中，再升上大學，一路像搭電扶梯似地順利往上升。成績也不錯。上大學以後他搬到父親在三田的一棟大廈裡。然後每週到游泳池游泳五天，剩下的二天便和女孩子約會。雖然並沒有玩得多厲害，不過從來也不缺遊玩的對象。沒有和任何一個女孩深交到被迫訂婚的程度，吸過大麻，也被朋友邀著參加過示威遊行。雖然讀書算不上多麼用功，不過該上的課都乖乖出席了，因此還能留下比一般還好的成績。他的做法是從來不記任何筆記，他認為要是有那時間去記筆記。還不如用那時間認真注意聽講。

周圍大多數人對他這種性格都沒辦法適當掌握。無論是他的家

人也好，朋友也好，交往的女孩子也好，都一樣。誰也搞不清楚他心裡到底在想什麼。看他難得念書，頭腦也不像多好，卻總是拿到接近最高的成績，也是個謎。不過儘管他有這些讓人無法捉摸的地方，但他與生俱來的坦誠親切，卻非常自然地吸引各種不同的人繞到他身邊來，結果也使他自己確實得到了許多東西。在年長者之間，他也頗受歡迎。但是大學畢業以後，他並沒有像周圍的人預想中那樣進入一流企業，卻選擇了一家誰也沒聽過名字的販賣教材的小公司上班。大多數人都為這件事感到驚訝，不過他當然自有打算。他在三年之間，以一個推銷員的身分巡遍全日本的國中和高中，仔細深入觀察現場的老師和學生在硬體和軟體方面需要什麼樣的教材。同時也調查出每個學校花在教材上的預算有多少，回扣的事也記下來。他和年輕的老師們一起喝酒，聽他們抱怨，還熱心參觀他們講課。在那期間他自然也一

直維持頂尖的營業成績。

進公司後的第三年秋天，他寫了一本有關新教材的厚厚的企劃書，提給董事長室。那是一個結合錄影帶和電腦，由老師和學生合作參與軟體製作的劃時代新方式教育系統，只要解決技術上的幾個問題，在原理上應該是可行的。

董事長獨自拍板定案，並指示以他為主成立一個計畫小組。從此兩年後，他獲得了壓倒性的成功。他所作成的教材系統雖然價格頗高，但不至於根本買不起，只要賣出一次，那麼與軟體有關的售後服務，會自動找上門，他的公司可以持續獲利。

一切都在他的計算之中，那公司的規模對他來說正合理想。既不是那種會因一連串官僚式會議而把新嘗試抹煞的大公司，也不是那種資本不足的小公司，而且經營團隊還年輕，擁有充分的衝勁。

於是他在三十歲之前，已經實質上擁有高級主管的權限，年收入比同年齡的任何人都高。

二十九歲那年秋天，他和兩年前開始交往的一位比他小五歲的女孩結婚。她雖然並不美得會令人吃驚的程度，不過倒也還滿有魅力，美得足以吸引人們的眼光。教養好、誠實，沒有貪婪的感覺。個性坦率，擁有一副非常漂亮的牙齒。雖然給人的第一印象並不那麼強烈，不過卻是那種多見幾次之後，會讓人越來越有好感的女人。他藉著結婚的機會，向父親的公司以相當於免費一樣的價格，買下位於乃木坂的三房兩廳的大廈住宅。

婚後生活也沒有任何問題。兩個人都非常喜歡對方，共同生活進行得極為順利。他愛工作，她也喜歡做家事，兩個人同樣愛玩。他們還選了幾組夫妻，一起打打網球吃吃飯。從那些夫妻朋友中的一對，

以非常便宜的價格買進了一輛中古的MG。雖然每次車檢時要比新型的日本車多花錢，不過仍然買得划算。那對夫妻朋友因為生了孩子，不再需要那輛只有兩個座位的MG，而他們決定暫時還不要生孩子。

對他們兩人來說，人生看起來才開始。

他第一次認識到自己已經不再那麼年輕，是在婚後第二年的春天。他同樣也是赤裸地站在浴室鏡子前面，發現自己身體的線條已和過去大不相同了。那簡直是別人的體形。換句話說，到二十二歲為止他以游泳的訓練鍛鍊起來的肉體，就在那十年之間變了形。酒、美食、都會生活、跑車、平穩的性生活，加上運動不足，以贅肉這醜惡的形態，添附在他的肉體之上。再過三年，我一定會變成一個醜陋的中年男人，他想。

他首先就去找牙醫徹底治療牙齒，其次又和瘦身顧問簽約制訂

綜合性節食食譜。先從削減糖分、節制白米、揀選油脂著手，其次酒只要不過量倒是不限制，香菸每天限制不超過十根。肉食定為每週一次。不過他認為也沒有必要凡事都過於狂熱，因此在外面吃飯時，他愛吃什麼就吃，只是以八分飽為原則。

至於運動，他非常了解自己應該做什麼。要想消除身上的肉，像網球或高爾夫球這類看來高尚的運動是沒什麼意義的。每天認真做二十分鐘到三十分鐘體操，並適度跑步和游泳，應該就足夠了。

原來七十八公斤的體重，八個月後減到六十四公斤。原來厚厚下垂的腹部贅肉消除了。肚臍的形狀可以清晰看出，臉頰消瘦、肩幅擴大，睪丸的位置稍低，腿變粗，口臭減少了。

而且他有了女朋友。

對方是在一次古典音樂會中，坐在鄰座因而認識的小他九歲的女

性。她雖然不算漂亮，然而卻有某種令男人一見就喜歡的地方。兩個人在音樂會後喝了酒，然後上床，她還單身，在旅行社上班，除了他之外，還有幾個男朋友。他和她都沒打算和對方做更進一步的深交。兩個人每個月一次到兩次約在音樂會場見面，然後上床。因為他妻子對古典音樂毫無興趣，因此他那溫和的外遇便在不曝光之下持續了兩年。

他從那戀情明白了一件事。那令他吃驚的事情是，他已經在性方面成熟了。他以三十三歲之年，竟能對二十四歲女人的需求，不愁過與不及而能恰到好處地滿足對方。這對他來說是個新發現。他能夠恰到好處地滿足她。不管消除多少贅肉，他已經再也無法變回年輕了。

他就那樣躺在沙發上，點起當天的第一根菸。

這就是對他來說前一半的人生，三十五年份的那一邊的人生。

他所追求的，和追求過的東西大抵都到手了。雖然也靠努力，不過運氣也很好。他擁有了有意義的工作和高收入，幸福的家庭、年輕的戀人、健壯的身體、綠色的ＭＧ、古典音樂唱片收藏。除了這些之外，他不知道還要追求什麼。

他就那樣在沙發上抽著菸，沒辦法好好思考。他把香菸插進菸灰缸按熄，抬頭茫然呆望著天花板。

比利喬現在正唱著有關越南戰爭的歌。妻子還繼續在燙著衣服。

沒有任何值得抱怨的。可是當他發覺時，自己竟然哭了。雙眼不斷落下熱淚。眼淚沿著他的臉頰落下，在沙發的軟墊上形成濕痕。‧‧他無法了解自己為什麼會哭，應該沒有任何理由哭的。或許是比利喬的歌，或許是熨斗的氣味吧。

十分鐘之後妻子燙完衣服走到他旁邊時，他已經停止流淚，而且

把軟墊翻過面了。她在他旁邊坐下，說是想買新的客用棉被。對他來說客用棉被是怎麼樣都可以的，所以便回答隨妳愛怎麼辦都行。她這就滿足了。然後兩個人到銀座去，看楚浮的新電影。兩個人婚前曾經一起看過《野孩子》。新片沒有《野孩子》有趣，不過也不壞。

走出電影院兩個人進了喫茶店，他喝啤酒，她吃栗子冰淇淋。然後他到唱片行去買了比利喬的LP。那張有被關閉的煉鋼廠和有關越南的歌的LP。雖然不覺得是多令人感動的音樂，不過他是想再聽一次試試看會有什麼感覺。

「你怎麼會想買比利喬的LP呢？」妻子驚奇地問。

他只笑笑，沒回答。

♠

露天咖啡廳的一側牆上貼了玻璃牆，可以俯視眼底的游泳池全景。游泳池天花板附有一面細長條的天窗，從那裡射進來的陽光，在水面微微搖晃。一部分光到達水底，一部分光則反射在無機的白色牆面，形成並無意義的奇妙圖紋。

從上方一直凝視下面，我感覺那游泳池似乎逐漸失去一個游泳池的真實感。我想或許是因為游泳池的水太過於透明了吧。由於池水比必要的更為澄清，因而水面和水底之間看來似乎產生了空白的部分。池裡有兩個年輕女孩和一個中年男人正在游泳。他們與其說是游著，不如說簡直像在那空白之上安靜滑著更為恰當。池畔有一個漆成白色的瞭望台，體格美好的年輕救生員好像很無聊似地呆望著游泳池的水

　　　　　　　　　　　　　　　　　　　　　　　プールサイド

面。

他結束了這番話之後，舉手招呼女服務生，點了啤酒續杯。我也點了我的。然後在等待啤酒送來之前，兩個人又再無所事事地眺望著游泳池的水面。水底映著水道界繩和游泳者的影子。

我和他認識不過才兩個月。我們都是這健身俱樂部的會員，也就是說我們是游泳夥伴。為我矯正自由式右臂動作的也是他。我們游完泳之後，曾經在這同一個露天咖啡廳，一面喝著冰啤酒一面聊過幾次天。有一次談到彼此的工作，我說我是小說家，他沉默了一會兒，然後問能不能聽他說一件事。

「是有關我自己的事。」他說。「我想應該算是很平凡的事，你或許會覺得無聊，不過我一直想一定要告訴什麼人才行。因為一個人老是這樣悶著，好像永遠都無法了解似的。」

沒關係，我說，他看來並不像一個會拿無聊事情纏著別人，給人家添麻煩的那種人。假如他特意想對我說什麼，我想那應該是一件值得認真聽的事。

於是他說了這些。

「嗨，你以一個小說家的身分，對這件事覺得怎麼樣？覺得有趣，還是覺得無聊？希望你能坦白回答。」

「我想這是一件含有有趣要素的事。」我謹慎地坦白回答。

他微笑著，搖了幾次頭。「也許是吧。」不過我根本想不通這件事到底什麼地方有趣。我無法掌握這件事核心的某種能夠稱得上有趣的東西。如果能夠確實掌握的話，我覺得好像就可以更清楚地理解包圍

「應該是這樣吧。」我說。

「你知道這件事有趣的地方在哪裡嗎？」他緊緊盯著我的臉說。

「不知道，」我說，「不過我覺得你的話裡有很有趣的地方。如果能以透過小說家的眼光來說的話。不過到底這件事有趣在哪裡，假如不實際動手寫在稿紙上是不知道的。是這樣的一回事。以我的情況來說，如果不化為文章，很多事情的真相就看不清楚。」

「你的意思我明白。」他說。

然後我們沉默了一會兒，各自喝著啤酒。他在米黃色扣領襯衫上穿上了一件淺綠色的喀什米爾毛衣，手在桌上托著腮。修長的無名指上閃爍著銀色的結婚戒指。我試著想像了一下那手指正在愛撫有魅力的妻子和年輕戀人的樣子。

四周的狀況。

「這件事我可以試著寫寫看。」我說。「不過可能會在什麼上面發表噢。」

「那沒關係。」他說，「而且我覺得能幫我發表出來好像反而比較好。」

「女朋友的事曝光了也沒關係嗎？」我說。以我的經驗來說，以真實人物為模特兒所寫的文章，一定以百分之百的機率被周圍的人認出來。

「沒關係。這方面我早有覺悟了。」他若無其事地回答。

「曝光也無所謂噢。」我慎重地再度確認。

他點點頭。

「我本來也不喜歡對什麼人說謊，」臨別之前他說，「那謊話即使明知不會傷害任何人，我也不想說。我不願意像那樣一面瞞騙或利

　　　　　　　　　　　　　　　　　　　　プールサイド

用什麼人，一面度過我剩餘的人生。」

對這點我本想說什麼，但無法順利說出適當的語言。因為他說的

沒有錯。

我現在依然時常在游泳池和他碰面。已經不談什麼深入的話題。

只在游泳池畔談一些天氣的事，或最近音樂會的事而已。他看了我這

篇文章之後會做何感想，我也猜不透。

プールサイド

今は亡き王女のための

──為了現在已經死去的公主──

一個在成長過程中，一直被寶貝地呵護，甚至溺愛寵壞到結果無法收拾地步的美麗少女，通常都這樣，她在傷害別人方面，是個天才，是個一流的高手。

因為當時我還年輕（才二十一或二十二歲），我對她這樣的秉性感到相當不舒服。現在想起來才覺得，或許她是藉著這種習慣性的傷害別人，也對自己造成同樣的傷害。而且或許除了這樣之外，便找不到其他可以控制自己的方法了。所以如果有一個人，一個站在比她強得多的立場的某一個人，能夠把她身體的某個地方恰得要領地切開來，把那自我放出來，她應該也會輕鬆多了吧。她一定也希望能夠得救的。

但是她的周圍，就是沒有一個比她更強的人，以我來說，年輕時候我還沒有想到這裡，只是單純地感覺不愉快而已。

她如果在某種理由之下——雖然經常是沒有任何理由的——決心要傷害某一個人的話，不論是哪個國王的兵力也阻擋不了。她會把那可憐的犧牲者，在眾人環視之下，巧妙地誘進一條死胡同裡，逼到牆邊，像把個煮得爛熟的馬鈴薯用竹篾壓碎一樣，將對方澈底輾壓。不論是哪一個。事後留下的只有一張薄紙程度的殘骸。現在想起來，都會覺得那確實是一種了不得的才能。

雖然她絕不是在論理上辯才過人，但卻能夠在一瞬之間看出對方情感上的弱點。然後像野生動物般，靜悄悄地隱身埋伏伺機以待，一旦時機來臨，再捏準分秒照準對方柔軟的喉頭，咬緊、撕裂。很多情況下她所說的事情，只是隨意的牽強附會，或要領不錯的糊弄。所以事後慢慢回想起來，不論受害的當事人或周圍旁觀的我們，都覺得納悶，為什麼就這麼兩三下，竟然已經分出勝負，不過簡單說就是因為

　　　　　　　　　　　　今は亡き王女のための

弱點被她牢牢逮住，所以動彈不得。以拳擊來說就是處於「停腳」狀態。接下來就只有倒在拳擊台上。我非常幸運，從來沒有被她這麼整過，不過這種光景倒是親眼看過幾次。那既不是爭論、口角，連吵架都不是。那實在是一種血淋淋的精神上的虐殺。

我非常厭惡她的這一面。可是她周圍的男人卻大多因為完全相同的理由而給她很高的評價。「這女孩頭腦好，又有才氣。」他們這麼想，於是這又助長了她那種傾向。也就是所謂的惡性循環。沒有出口。就像〈小黑三寶〉裡面的三隻老虎一樣，只能繼續不斷地繞著椰子樹的周圍跑著，直到變成奶油為止。

很遺憾我不知道她們那夥的其他女孩子們對她當時的情況是怎麼想的、怎麼評價的。我跟他們那夥人始終保持著幾分距離，也就是說我是以類似非會員的身分跟他們來往，因此和任何人都沒有親密到可

以探出女孩子們心聲的程度。

他們大多是滑雪的同伴，三個大學的滑雪同好會似的社團，其中各有一部分人經常黏在一起而形成的奇妙組織。寒假裡他們會一起去做長期的滑雪旅行，其他季節則聚集起來練習或喝酒，或到湘南海岸去游泳。人數總共大約有十二、三人，大家都裝扮得滿標致的。既標致又令人好感，滿親切的。不過現在如果要我特別回想起他們之中的哪一個，我也絕對想不起來了。他們十二、三個人在我腦子裡，就像融解的巧克力糖一樣完全混合在一起，成為一個無可分離的單一形象，我已經分辨不出他們了。當然只有她是例外。

我雖然對滑雪可以說是完全沒興趣，不過因為我高中時代的朋友屬於這個團體，而我又因為某種緣由在那位朋友的公寓借住了一個月左右，因而和他們這一夥人認識，而且好像他們也把我當做一份子看

　　　　　　　今は亡き王女のための

待。我想我能計算麻將的點數也是其中的理由之一，不過前面已經提

過，他們對我非常親切，甚至滑雪旅行時都邀我一道去。雖然我只對

伏地挺身有興趣，回絕了邀約，不過現在想起來，我不該用那樣的說

法的。他們真的是一些很純真而親切的人。就算實際上真的對伏地挺

身遠比滑雪更感興趣，也不應該那樣說的。

　　和我一起住的那個朋友，從一開始到我所記得的最後為止，始

終都對她深深著迷。確實她是一個會令大多數男人深深著迷的那種女

孩。就以我來說，如果是在稍微不同的狀況下遇見她，或許也會對她

一見鍾情吧。她的美若要以文章來表現是一種比較簡單的作業。因為

只要集中在三個重點上，就可以大致涵蓋那些特質。（ａ）看起來聰

明（ｂ）充滿了活力（ｃ）嬌媚多姿。

　　她雖然個子又瘦又小，但身材體態非常的均勻與優美，看起來好

像全身充滿精力。眼睛閃閃發光，嘴唇好強地抿成一直線。而且臉上經常有幾分好像難侍候的不悅表情，然而只要偶爾微微一笑，她周圍的空氣簡直就像發生了什麼奇蹟似的，轉瞬之間便柔和起來。我對她的個性雖然並沒有好感，不過對她的微笑方式倒很喜歡。總之不管怎麼樣這點是沒辦法不喜歡的。記得很久以前，高中時代曾經唸過英語教科書上一句這樣的片語「被俘虜在春天裡」（arrested in a spring-time），她的微笑正好是這種感覺。到底有誰能夠批評溫暖的春日陽光呢？

因為她並沒有特定的男朋友，所以那一夥裡面有三個男孩子——我的朋友當然也是其中的一個——對她很是迷戀。她並沒有決定把誰當做特定的對象，而是隨著當時的情況，分別巧妙地對待那三個人。

而那三個人，至少在表面上，也並不互相扯後腿，都能保持適當的禮

貌和君子風度，相當愉快地過著日子，雖然那樣的光景讓我不太能夠適應，不過那畢竟是別人的問題，跟我無關，輪不到我去一一過問。

我從第一眼看到她開始，就覺得她不好對付。我在被寵壞的人方面，倒還算是個權威，她是如何地被寵愛著長大的，我是瞭若指掌。

被溺愛、被讚美、被保護、有求必應，她是這樣長大的。不過問題並不光是這樣。小孩撒撒嬌、大人給零用錢的程度，並不是小孩被寵壞的決定性要素。最重要的是在周圍大人們成熟而曲折的種種感情的放射中，是否有人負起守護小孩的責任。如果每個人都不願擔負那責任，對孩子都一律給好臉色看的話，這孩子便肯定會被寵壞。就像赤身裸體曝曬在夏日午後沙灘的強烈紫外線之下，他們柔弱的初生的自我會受到無可挽回的傷害。這終究才是最大的問題。任其撒嬌或不斷給零用錢，只不過是附加的次要因素而已。

第一次見面，交換過兩、三句話之後，只觀察了一會兒她的言語舉動，說真的，我已經徹底感到厭煩。就算原因出在別人身上而不在她，我覺得她也不應該那個樣子。就算人類的自我多少都有所差別，本質上都被定義為畸形也好，她依然應該做些什麼努力的。因此自從那次之後，我雖然說不上在躲避，但已經決定如果沒有必要絕不接近她。

聽別人說，她是石川縣或那一帶什麼縣的，一家自從江戶時代一直持續經營到現在的高級旅館主人的女兒。雖然有一個哥哥，但因為年齡相差很多，所以就像獨生女一樣地被寵著長大。成績一直維持頂尖水準，而且長得又漂亮，因此在學校裡，總是深受老師喜愛，同學都自嘆不如。這些雖然不是她親口對我說的，不知道多少是真多少是假，不過很有可能是這樣。此外她從小就學鋼琴，這方面的造詣已經

達到相當的水準。我曾經在某個人家裡聽她彈過一次。因為我對音樂並不怎麼在行，因此演奏上的感情深度這方面我無法判斷，不過音的感觸是令人驚訝的敏銳，而且至少音符沒有弄錯。

因此周圍每個人都認為她當然進入音樂大學之門，邁向職業鋼琴家之路的，然而出乎意料之外，她卻毅然丟掉鋼琴，進了美術大學；並開始念起和服的設計和染色。這對她來說，是完全未知的領域，不過因為從小就在傳統和服的圍繞下長大，這種親身耳濡目染的體驗對她的領域判斷很有幫助，她在這方面也發揮了引人注目的才能。總之不管走上哪一條路，她都屬於表現比別人突出的那一型。無論滑雪、駕遊艇、游泳，讓她做什麼她都很行。

就因為這樣，她身邊的人都變得沒辦法去指責她的缺點。她的不寬容被大家視為藝術家氣質，她歇斯底里的個性被當成高人一等的敏

銳感性。就這樣她成為這夥人中的皇后。她住在父親當做稅金對策的一環而在根津購置的兩房兩廳雅致的大廈住宅，高興時便敲敲鋼琴，讓衣櫥裡塞滿新衣服。她只要拍拍掌（這麼說當然只是比喻式的表現），差不多所有的事情，都有好幾個體貼的男朋友幫她張羅好。很多人都相信將來她在那專門領域會相當成功。當時看來似乎沒有任何事情會妨礙她未來的前程。那是一九七○年或七一年左右的事。

只有一次在很奇怪的情況下我抱過她。說抱並不是做愛的意思，簡單說我們大家全喝得爛醉像沙丁魚般集體躺在一起，當我醒過來時，旁邊正好躺著她，就這樣而已。

這是常有的事。不過那時候的情形很奇妙地到現在我還記得清清楚楚。

我醒過來時，是半夜三點，忽然往旁邊一看，她和我一樣捲在同

一條毛毯裡很舒服似地呼呼睡著。那是六月初，最適合大夥兒打通鋪

混雜著睡的絕佳季節，不過由於沒鋪墊被，直接躺在榻榻米上，所以

再怎麼年輕，身體各處仍然不免感到疼痛。再加上她拿我的左臂充當

枕頭，因此就是想動也動彈不得。喉嚨極度乾渴，幾乎快瘋掉了，卻

不能去撥開她的頭，然而也不好悄悄把她的頭托起來，趁著空檔把手

臂抽出來。這麼做的時候，萬一中途她醒過來，結果卻把我的行為往

奇怪的方向誤解的話，對我來說可吃不消。

結果我稍加考慮之後，決定什麼也不做，暫時等待狀況的改變。

我想她或許過一會兒會翻身過去也說不定，這麼一來我就可以快速地

把手臂抽回來，再去喝水就行了。然而她竟然動也不動一下，只是臉

朝著我，反覆不停規則地呼吸著而已。我襯衫的袖子由於她沉睡的鼻

息而暖暖地濡濕著，令我感覺怪怪癢癢的。

　我想大概有十五分鐘或二十分鐘，我一直那樣繼續等待著。但她還是一動也不動，結果我只好放棄去喝水的念頭。雖然喉嚨的乾渴實在難以忍受，不過不至於此時此刻不喝水就會死掉。我辛苦地小心注意在不移動左手之下轉動著頭，發現不知道是誰的香菸和打火機落在枕邊，我伸出右手把那挪過來。而且，明明太了解這麼一來喉嚨會更乾渴，還是抽了一根菸。

　不過實際上抽完香菸，把菸蒂塞進手邊的啤酒空罐熄滅之後，很不可思議的是喉嚨乾渴的痛苦竟然比抽菸之前大為減輕了。於是我吸了一口氣閉上眼睛，努力想要再睡一下。公寓附近有一條高速公路通過，來往於公路上的深夜卡車彷彿已被擠破的扁平的輪胎聲，從薄薄的玻璃窗外微微晃著房間的空氣，幾個男女沉睡的鼻息和輕微的鼾聲

與輪胎聲混在一起。而且正如大多數半夜裡在別人房間醒來的人心裡所想的一樣，我也在想「我到底在這樣的地方幹什啊？」真的是毫無意義，完全是「零」。

由於跟女孩子關係搞不好，鬧彆扭的結果落到被趕出住宿的地方，因而滾到朋友的公寓裡去賴在那兒，明明不愛滑雪，卻莫名其妙地被那群滑雪的夥伴邀來，最後終於把手臂讓給一個自己永遠不可能喜歡的女孩子當枕頭，這光想起來都叫人鬱悶。我覺得自己實在不應該這樣。可是一想到不這樣又該如何這一層，我總歸還是一籌莫展。

我打消入睡的念頭，再度張開眼睛，恍惚地望著天花板吊著的日光燈時，枕著我左臂的她身體動了一下。不過她並沒有因此而把我的左臂解放出來。相反地她簡直像往我懷裡滑進來似的，身體緊緊貼在我身上。她的耳朵就在我鼻尖前面，散發著昨夜即將消失的古龍水和

微微的汗氣。她輕微彎曲的腿架在我的大腿上。鼻息和剛才一樣，安靜而規則。暖暖的氣息吹在我的喉頭，脅腹上方一帶她柔軟的乳房正配合著呼吸上下地動著。她穿著貼身的針織襯衫和荷葉裙，因此我可以很清楚地感覺到她身體的曲線。

那是一種非常奇妙的狀態。要是在其他場合，對方是其他女孩的話，我想我很可能會相當樂於處在這樣的狀態。可是對象是她，這倒使我十分混亂。坦白說，對這樣的狀況應該怎麼處理才好，我實在不知道。我覺得不管怎麼樣，我所處的立場都荒謬到了極點。情況更糟糕的是，我的陰莖就在她的腿緊貼著之下開始逐漸變硬。

她雖然發出同樣的鼻息，但是我想可能我陰莖形態的變化，她或許都清楚地掌握也說不定。不久之後，她就像睡眠本身的延續似的靜靜地把手臂伸長繞到我背上，身體在我手中輕微轉動一下方向。這麼

一來她的乳房更緊緊貼上了我的胸部，我的陰莖則被擠到她柔軟的下腹部。狀況正往更惡劣的方向推進。

我被逼到這樣的狀況，自然對她很生氣，不過同時這種擁抱著一個美女的行為之中，也包含了某種類似人生的溫暖之類的東西，這種恍惚的氣體狀的感情，已經把我的身體整個包圍起來。我已經無處可逃了。她對我這種精神狀況也清楚地感覺到，而我對這點更加生氣，可是在那膨脹的陰莖所具有的那種奇妙的不平衡感的荒唐之前，我的憤怒已經沒有任何意義了。我在斷念之下，乾脆把另一隻空著的手繞到她背上。因而我們就變成互相緊緊擁抱的姿勢了。

然而雖然如此，我們雙方還是裝成沉沉睡著的樣子。我一面以胸部感覺她的乳房，她以肚臍稍下的一帶感受著我變硬的陰莖，我們一面很長一段時間一直安靜不動。我凝視著她小小的耳朵和纖柔得幾

近危險的髮際，她凝視著我的喉頭。我們一面裝作睡著的樣子，一面彼此想著類似的事情。我在想著手指滑進她裙子裡面的事，她在想著拉開我長褲拉鏈用手觸摸溫暖而光滑的陰莖的事。不可思議的是，我們可以瞭若指掌地清楚感覺到對方正在想的事。那是一種非常奇妙的感覺。她在想著我的陰莖。感覺上她所想的我的陰莖彷彿不是我的陰莖，而是別的男人的陰莖似的。但總之那還是我的陰莖。我想到她裙子裡的小內褲，和包在那裡面的溫暖的陰道。她或許也和我對她所想的陰莖所感覺到的一樣，對我所想的她的陰道也有同樣的感覺吧。或者女孩子對陰道，和我們對陰莖的感覺，是以完全不同的方法去感覺的也說不定。這方面的事我就不太清楚了。

不過在猶豫再三之後，我的手指並沒有伸進她的裙子裡，至於她也一樣並沒有把我長褲的拉鏈拉開。當時覺得要克制住自己是一件非

　　　　　　　　　　今は亡き王女のための

常不自然的事，不過後來覺得幸好是這樣。如果情況繼續往前推展的話，我覺得我們可能會被迫走進進退兩難的感情迷宮裡去。而且她也感覺到我正在這樣感受。

我們維持同樣的姿勢，擁抱了大約三十分鐘左右，然後當晨光把房間裡的每個角落都清清楚楚地照亮起來之後，身體才分開各自睡下。身體即使分開，我周圍依然飄浮著她肌膚的氣味。

從那以後，我一次也沒見過她。因為我在郊外找到公寓搬過去住，從此就和那個奇怪的團體疏遠了。其實說奇怪只不過是我個人的想法。我想他們大概從來沒有認為自己奇怪。以他們來看，或許我的存在才顯得奇怪多了吧。

讓我寄住了一陣子的親切的朋友，從那次以後還見過幾次，碰面

時當然應該也會談到她的，不過到底談了些什麼我已經想不起來。大概因為內容依然大同小異的關係吧。大學畢業之後，那位朋友回關西去，我們也就沒再見面了。然後過了十二年或十三年，我年紀也跟著大了。

年紀大的優點之一是好奇心的對象範圍被限定了。我隨著年齡的增長，而和這一類特立獨行的人有牽連的機會也比以前少多了。偶爾在某種情況下，會想起從前遇到的這類人，不過那只不過像卡在記憶邊緣的片段風景一樣，已經喚不起我任何的感覺。既不特別懷念，也沒什麼特別不愉快。

只是幾年前，在一次偶然的情況下，遇到說是她丈夫的人，並談了話。他和我同年，是一家唱片公司的製作人。身材高高的，不大講話，感覺相當好的人。髮際長得簡直像運動場的草地一樣整齊地呈一

直線。雖然我是因為工作上的關係和他見面，不過在正事談完之後，

他竟然說：「內人說以前就認識村上先生呢。」然後告訴我她娘家的

姓，那姓和她的人，在我腦子裡一時之間連不上來，不過聽他提起大

學的名字和鋼琴的事之後，我才好不容易想到那指的就是她．

「我記得。」我說。

就這樣，我才知道她後來的軌跡。

「聽她說在雜誌上還是什麼上面看到照片，立刻就認出是村上先

生。她好懷念呢。」

「我也很懷念呢。」我說。不過我並不認為她會記得我，所以老實

說，與其說懷念倒不如說有點覺得不可思議。仔細想起來，我和她會

碰面的時期真的很短，而且幾乎連直接開口說話都沒有。在意想不到

的地方居然會留有自己古老的影子，這種事情想起來倒真有點不可思

議。我一面喝著咖啡，一面想起她柔軟的乳房和頭髮的味道，以及我勃起的陰莖。

「是個很有魅力的人。」我說，「她現在好嗎？」

「這個嘛，可以說是馬馬虎虎。」他好像在選擇適當詞句似的慢慢說。

「身體有什麼地方不好嗎？」我試著問。

「不，身體並沒有什麼特別不好，不過，有好幾年之間不能說是很好。」

我無法判斷到底應該問到什麼程度，所以只是先含糊地點點頭而已。而且說真的，我對她從那次之後命運到底怎樣，並沒有無論如何都想知道的希求。

「我這樣說話好像很不得要領啊。」他嘴角一面露出微笑一面

說，「不過有些地方很難按照順序好好講。正確地說，她現在好多了，至少比以前有精神多了。」

我喝完剩下的咖啡，猶豫了一下該怎麼辦之後還是決心探問下去。

「也許探聽人家的私事很不禮貌，不過不知道她是不是出了什麼事？剛才聽您講的，似乎覺得還沒有康復。」

他從長褲口袋掏出萬寶路的紅色菸盒，點了一根菸抽。他菸好像抽得很兇，右手食指和中指的指甲已經泛黃了。他看了一會兒自己那樣的手指。「沒關係。」他說，「並沒有隱瞞什麼，而且情況也不是很嚴重。只是像單純的意外。不過，我們還是換個地方聊吧，那樣比較好。」

我們走出喫茶店，在夕暮中走了一會兒，才走進地下鐵車站附

近的一家小酒吧裡去。好像是經常去的店，他在吧檯邊一坐下來，就用熟客的語氣點了用大玻璃杯裝的雙份蘇格蘭威士忌加冰塊和一瓶沛綠雅礦泉水。我點了啤酒。他在冰塊上澆了一點沛綠雅，簡單地攪拌後，一口就喝了半玻璃杯。我只沾了一下啤酒而已，然後便一面望著玻璃杯中的泡沫的去向，一面等對方說話。他確定威士忌通過食道而下，並確實地裝進胃袋之後開始講。

「結婚到現在已經十年了。最初是在滑雪場認識的。我到現在這家公司上班的第二年，她大學畢了業，不知要幹什麼，整天閒逛著，偶爾打零工去赤坂的餐廳裡彈鋼琴。於是總之我們結婚了。結婚方面沒有任何問題。她家和我家，都贊成這門婚事。她非常漂亮，我對她滿心著迷。總之，這是到處都有的平凡故事。」

他把香菸點上火，我再度拿起啤酒呷了一口。

「很平凡的婚姻。不過我這樣已經十分滿足了。雖然知道婚前她有過幾個男朋友，不過那對我來說並不覺得有什麼嚴重。說起來我算是一個比較實際的人，就算過去有什麼不妥當的地方，只要現實上不再造成什麼的危害，我是不會介意。而且對所謂人生這種東西我認為本質上是平凡的。工作、結婚生活或家庭都一樣。如果這裡頭有什麼趣味的話，那也是由於平凡所以有趣。我是這樣想的。不過她以前並不這樣想。因此很多事情便開始逐漸走了樣。當然我非常了解她的心情。她還年輕、漂亮，充滿了活力。簡單說，她習慣向別人要求各種東西，她習慣人家給她東西，可是我能夠給她的東西無論種類或量都非常有限。」

他又再點了一杯威士忌加冰塊。我的啤酒還剩下一半。

「結婚三年後生下孩子。是個女孩。我自己說這種話也許有點不

太合適，不過真是個非常可愛的小女孩。如果還活著的話已經上小學了。」

「死掉了嗎？」我插嘴道。

「就是這樣。」他說，「五個月大的時候死掉的。這是常見的意外事故。孩子睡覺翻身的時候，被子把臉蓋住，造成窒息而死。這不能怪誰，純屬意外。如果運氣好的話也許可以避免，結果還是運氣壞。不能責備任何人。有幾個人責備她把嬰兒一個人放在家裡，自己跑出去買東西，她自己也因此責怪自己。不過那是運氣不好。如果是我或你在同樣的狀況下照顧小孩我想或許意外也會以同樣的機率發生。你不覺得嗎？」

「我想應該是吧。」我承認。

「就像剛才說過的，我是個很實際的人。而且對死這件事情，

今は亡き王女のための

是從小就看多了，十分習慣。也不知道為什麼，我的家族事故死亡的人很多，經常有這一類的事情發生。所以小孩比父母先死，並不覺得特別稀奇。而對父母來說，沒有比失去孩子更悲慘的事，這倒是沒有經驗過的人無法了解的。不過就算是這樣，我想最重要的還是留下來還活著的人。我是一直這樣想著過日子的。所以問題不在我的心情，而是她的心情。她從來沒有受過這樣的感情上的訓練。你是知道她的吧？」

「嗯。」我簡單地說。

「所謂死是一件極特殊的事件。我常常會想到，人的一生，有很大一部分，是被別人的死所帶來的能量或者說缺損感也好，這類的東西所約束的。不過她對這些事情實在太沒有防備了，簡單說就是這樣。」他說著把雙手交握在吧檯上。

「她太習慣於只會認真地考慮自己的事情。因為這樣，別人不在所帶來的痛苦，她連想像都無法想像。」

他笑著看我的臉。

「終究，她是完全被寵壞了。」

我默默點點頭。

「不過我……實在找不到合適的表達方式，總之，我是愛她的。就算她把她自己或我或周圍所有的人全都傷害光了，我也不會想要放棄她。所謂夫婦就是這麼回事。結果那件事後的一年左右，沒完沒了的繼續發生了一些亂七八糟的事。那是沒有指望的一年。精神都耗損了，未來也沒有任何希望可言。不過，我們終於還是度過了那一年。

我們把和嬰兒有關的一切全部燒掉丟掉，搬進新的公寓。」

他把第二杯威士忌加冰塊喝乾，很舒服似地深呼吸。

「我想你如果看到現在的內人，大概會認不出來了。」他凝視著正面的牆壁一面這樣說。

我默默喝著啤酒，吃起花生。

「不過我個人還是比較喜歡現在的內人。」他說。

「沒有打算再生了嗎？」我過一會兒之後才問道。

他搖搖頭。「大概不行吧。」他說。「我倒是還好，但內人的狀態恐怕不行。以我來說是有沒有都可以的。」

酒保勸他再來一杯威士忌，但他斷然拒絕了。

「有空的時候請打個電話給內人吧。我想她大概需要這一類的刺激。畢竟人生還長嘛！你不覺得嗎？」

他在名片背面用原子筆寫下電話號碼遞給我。令我吃驚的是，從區碼看來，他們竟然和我住在同一個地區。不過關於這點，我什麼也

沒提。

　他結了帳，我們在地下鐵的車站道別。他為了處理未完的工作而回公司去，我則搭電車回家。

　我還沒有打電話給她。她呼吸的氣息、肌膚的溫熱和乳房柔軟的感觸還留在我體內，這些使我又像十四年前的那個夜晚一樣，一陣混亂無法平息。

嘔吐1979

他是一個具有可以長期一天也不遺漏地寫日記這種稀有能力的少

數人之一，因此可以精確引述自己嘔吐的正確日期是從哪一天開始，

哪一天結束。他嘔吐是從一九七九年六月四日（晴）開始，同年七月

十四日（陰）結束的。他是一位年輕插畫家，曾經有一次和我搭檔為

某一本雜誌工作過。

　　他和我一樣，也是個老唱片收集者，此外他還喜歡和朋友的女朋

友或太太睡覺。年齡應該是比我小兩、三歲。他確實在他以往的人生

裡，曾經和好幾位朋友的女朋友或太太上過床。也曾經在到朋友家玩

的時候，趁著朋友到附近酒鋪買啤酒，或正在洗澡時，就和他們的太

太完成好事。他常常告訴我這些事。

　　「在急迫匆促之下做愛，也還真不壞。」他說，「幾乎連衣服都

沒脫就盡快解決。平常一般的做愛不都有逐漸拉長時間的傾向嗎？所

以偶爾反其道而行，光是變換一下觀點試試看，就相當愉快喲。」

當然不光只是這類輕鬆特技式的做愛，自然也有那花時間慢慢享樂的正常性行為。總之他就是喜歡和朋友的女朋友或太太睡覺這種行為本身。

「其實我並沒有什麼偷情之類的不自然想法。我只覺得跟她們睡覺，感覺非常親密。簡單說就是一種家庭式的感覺。因為其實那只不過是做愛而已呀。只要不被抓到，誰也不會受到傷害。」

「到目前為止都沒被拆穿過嗎？」

「當然沒有。」他多少有些令人意外地說。「這類的行為，除非自己具有想要曝光的潛在願望，否則並不那麼容易敗露出來。只要好好留意，言行舉止不要有暗示性。還有最主要的是，從一開始就要清楚定出基本方針。也就是說這僅止於親密遊戲，並不打算深入，也

不願意傷害任何人。當然不用說，這必須選擇比較迂迴的用語事先說明。」

對我來說，實在難以相信這種事情真的能夠如他所說的一樣，一切的一切都那麼順利，不過因為他看來也不像是個喜歡自吹自擂的人，或許正如他所說的一樣也不一定。

「結果她們大部分都有此需求。她們的丈夫或男朋友——其實也就是我的朋友們——大多數都比我強得多。比我英俊、比我聰明，或許陰莖比我大也說不定。不過這些對她們來說並不重要。對她們來說，只要對方在某種程度上還算正常、親切，而且善體人意，就行了。她們所求的，是超越所謂戀人或夫婦之類的，在某種意義上固定的框架之外，還能確實被關心在意的感受。這是基本原則。當然，表面上的動機各有不同。」

「例如什麼？」

「例如對丈夫不忠的一種報復、或排遣無聊、除了丈夫之外還有別的男人關心的自我滿足感之類的。我對這些，只要一看對方的臉就大致明白了。沒有任何所謂know-how，這純粹是與生俱來的本能，有的人就有，沒有的人就沒有。」

他自己並沒有固定的女朋友。

前面已經說過，我們是唱片的收集者，偶爾會交換彼此的唱片。

雖然我們都在收集五十年代至六十年代的爵士樂唱片，可是彼此收集的對象範圍卻微妙地有些出入，因此交易可以成立。我的收集以西海岸的白人樂團為主，而他則以柯曼‧霍和萊諾‧漢普頓之類接近中間派的後期唱片為主。因此他擁有派帝喬利三重奏的Victor版，而我擁有畢克狄肯遜的《Mainstream Jazz》，這兩者在雙方同意之下順利交

換成功。兩個人一面喝著啤酒，一面花一整天檢討唱片的品質和演奏

的特色，於是若干這種的交易便達成了。

他告訴我有關那件嘔吐的事，就是在這種唱片交換會之後。我們

在他的公寓裡，一面喝著威士忌，一面談音樂，然後談酒，談完酒之

後又進入酒醉的話題。

「我以前曾經一連持續吐了四十天之久。每天。一天也沒停過。

話雖如此，卻並不是喝酒才吐的。也不是身體不舒服。沒有任何原因

只是吐。這一連持續了四十天。四十天哦。可不簡單哦。」

他最早開始吐那天是六月四日，不過關於這次嘔吐，他沒有可

以抱怨的理由。因為前一天夜裡，他讓相當數量的威士忌和啤酒流入

胃裡。而且，照例和朋友的太太睡覺。也就是一九七九年六月三日之

夜。

因此六月四日早晨八時，就算他把胃裡所有的東西全吐在便器中，根據世間一般的常識，也並非什麼特別不自然的事。雖然酒後嘔吐這種事是大學畢業以後的第一次，也不能因此就說那是不自然的事。他按下沖水把手，把那不快的嘔吐物沖到下水道，然後坐在桌前開始工作。身體狀況不錯。說來反倒是屬於爽快之類的一天。工作處理進行順利，中午之前肚子也很準確地感到飢餓。

午餐時做了火腿小黃瓜的三明治吃，喝了一罐啤酒。三十分鐘之後，第二次的噁心來臨。他又把三明治全部吐進便器中。變爛的麵包和火腿浮上水面。雖然如此身體依然沒有不快之感。並沒有什麼不舒服，只是吐了而已。喉嚨深處好像有什麼卡住似的，於是只不過想試一下而彎身到便器上時，胃裡的一切，便像魔術師從帽子裡拉出鴿

子、兔子和萬國旗什麼的一樣，源源不絕地湧出來。如此而已。

「嘔吐這種經驗，我在濫飲無度的學生時代曾經有過好幾次。也曾經坐車船暈過。不過這次的嘔吐，和那些完全不一樣。連嘔吐時特有胃部被勒住的感覺都沒有。胃只是興味索然得把食物往上推而已。完全沒有好像滯礙沒有不快的感覺，也沒有令人窒息的氣味。這令我覺得非常奇怪。因為不是一次而是兩次。總之我有點擔心，所以決定暫時滴酒不沾。」

可是第三次的嘔吐，卻在第二天早晨按時來臨。他前一天夜裡吃的鰻魚殘餘物和早餐吃的橘皮果醬英式瑪芬幾乎全部吐了出來。

嘔吐過後正在浴室刷牙時，電話鈴響起，他接起來聽到一個男人的聲音叫他的名字，然後便咯嚓把電話掛斷。只是如此而已。

「是不是和你睡過的對象的先生或男朋友打的整人電話呢？」我

試著說。

「怎麼可能。」他說，「他們的聲音我都很熟。那絕對是我從來沒聽過的男人的聲音。聲音聽起來令人非常不舒服的電話。結果那電話之後每天都打來。六月五日開始到七月十四日為止，怎麼樣？幾乎和我嘔吐的期間完全一致吧？」

「可是惡作劇電話和噁心嘔吐有什麼關聯，我完全想不通。」

「我也一直都搞不清楚。」他說，「所以到現在那件事都還令我覺得疑惑。總之電話每次都是一樣的調調。鈴聲響起，說完我的名字，然後喀嚓掛斷。每天總要打一通電話來。時間則不一定。有時候是早晨打來，有時候是黃昏打來，半夜裡也有過。其實我可以根本不接那電話的，可是因為工作的性質不得不接，何況也有時候是女孩打來的……」

「說的也是。」我說。

「和這並行的是嘔吐也沒一天停止，一直繼續下去。我覺得吃進去的東西，幾乎又全部吐了出來。吐完肚子非常餓，就又吃飯，吃進去以後又全部吐出來。根本是惡性循環。雖然如此，平均起來吃三餐有一餐沒吐而順利消化，因此勉強把命保住了。如果吃三餐，吐三餐的話，那非得靠打點滴否則就沒救了。」

「沒去看醫生嗎？」

「看醫生啊？當然也到附近醫院去看了。而且還是個滿像樣的綜合醫院。照X光、驗尿都做了。因為或許有癌症的可能性，也大致檢查過。可是沒有任何地方出問題。完全健康。最後說可能是胃慢性疲勞或精神壓力，拿了胃藥回來。醫生要我早睡早起，少喝酒，不要為一些小事情胡思亂想。別胡扯了。要是說胃慢性疲勞我也很清楚。如

果有人胃變成慢性疲勞而沒有感覺的話，那傢伙一定準是個呆子。所謂慢性疲勞，胃會覺得沉重，或胸口灼熱，或食慾逐漸減退等等。即使會嘔吐，也是在有了這些症狀之後才發生的。不可能單純只是噁心想吐而已。而我卻只有嘔吐，除此之外沒有任何症狀。如果不是肚子總是覺得很餓的話，身心狀態都非常清楚。

「而且說到壓力，我完全沒有這種感覺。當然工作是積壓了很多啦。可是我並沒有因此而心力交瘁，女孩子方面也順利得沒話說。三天上一次游泳池游泳游個夠……你說，這不是沒得挑剔嗎？」

「是啊。」我說。

「只是吐了而已。」他說。

他一連吐了兩星期，電話鈴聲也繼續響。第十五天他實在煩透了，於是放下工作，在飯店訂了房間，決定在那兒看看電視、讀讀書

度過一天，先不管嘔吐，至少可以躲掉電話。一開始，看起來好像順利。他把午餐的烤牛排三明治和蘆筍沙拉全部吃乾淨。或許是換個環境產生良好效果吧，那些食物在他的胃裡安頓下來，終於被完全消化掉。三點半時，他在飯店咖啡廳和好朋友的女朋友約會。把櫻桃派和黑咖啡一起送進胃裡，這也很順利。然後他和那位好朋友的女朋友做愛。關於上床的一切也毫無問題。他把她送走之後，一個人吃晚餐。

就在飯店附近的日本料理店，吃了豆腐和鰆魚的西京燒、醋泡菜、味噌湯和一碗飯。酒依然一滴也沒沾，那是六點半的事。

然後他回到房間，看完電視新聞，便開始看麥可班恩（Ed McBain）《87分局》系列的新作。一直到九點都沒想嘔吐，因此他終於鬆了一口氣。他得以心滿意足的品味了中斷兩個星期的飽足感。

他期望一切都能像這樣持續下去，並朝好的方向進展，一切狀況都能

恢復原狀。他把書合上，打開電視，用遙控器換了幾次頻道之後，決定看西部老片。電影十一點結束，然後開始是收播新聞。新聞播完之後，他把電視關掉。因為非常想喝威士忌，甚至動了念頭，想這就去樓上的酒吧間喝個睡前酒，不過想想還是作罷。難得這麼美好的一天，可不想被酒精弄髒了。關了床頭的讀書燈，他鑽進毛毯裡。

電話鈴響起時是半夜。睜開眼睛一看錶，時間是二點十五分。剛開始他還睡意矇矓，怎麼也弄不清楚，為什麼這時候電話會響。不過他依然搖了搖頭，不知不覺中便伸手拿起了話筒來聽。

「喂。」他說。

熟悉的聲音像平常一樣叫了他的名字，下一個瞬間便把電話掛掉了，然後耳朵只聽到嘟的發信聲。

「不過你不是沒告訴任何人你住在哪家飯店嗎？」我問。

「對呀，那當然。我誰也沒說。除了那個和我睡過覺的女孩。」

「她會不會向什麼人洩漏了秘密。」

「那又為什麼呢？」

這麼一說也對。

「然後我就在浴室把一切都吐了出來。魚和米飯之類的全部。簡直就像電話把門打開，並開了路，而嘔吐就從那裡進來一樣。」

「吐完之後，我在浴缸邊坐下，試著在腦袋裡稍微把各種事情按照順序整理起來。首先第一個想到的是：那電話一定是有人巧妙設計的玩笑或惡作劇。雖然不知道那傢伙怎麼會知道我住在那家飯店，不過這暫且不管，總之是那種人為的勾當。第二種可能性是我的幻聽。雖然一想到居然會出現什麼幻聽就覺得荒謬，不過冷靜分析起來，這種可能性也不能排除。也就是說覺得『電話鈴響了』於是拿起聽筒，

又覺得『有人在叫我的名字』。其實是什麼也沒有。原理上有可能對吧？」

「也許是吧。」我說。

「於是我打電話到櫃檯，說想確定一下剛才有沒有人打過電話到這個房間，可是沒有用。因為飯店的總機系統，只能一一檢查從內部打出去的電話，而相反的情況卻完全沒有。因此無從查起。

「以住飯店那天晚上為界，我開始謹慎思考許多事情。有關嘔吐和電話的事。首先這兩件變故，有某個地方，不能確定是全部或局部，但總之似乎有關。其次我漸漸明白，這兩者都似乎並不如我剛開始時所想像的那麼輕鬆。

「在飯店住了兩夜再回到家之後，嘔吐和電話依然如故以同樣的情形繼續下去。為了試驗也曾到朋友家住過幾次，電話依然照樣打到

那邊去。而且一定也是朋友不在只剩我一個人的時候才打去。因此，我越來越害怕。漸漸覺得好像有什麼眼睛看不見的東西一直站在我後面觀察我的一舉一動，而且算好差不多的時間打電話來給我，或在我胃的深處用手指一戳。這很顯然是分裂症的最初徵候，對嗎？」

我說。

「可是好像很少有分裂症的患者擔心自己是不是分裂症的吧？」

「對，你說得對。而且也沒有分裂症和嘔吐連動的例子。這是大學醫院的精神科說的。精神科醫師根本不太理會我。他們只在意症狀更明顯的患者。據說像我這種程度症狀的人，每一節客滿的山手線電車車廂大概有二點五人到三人，醫院沒有那閒工夫去一一應付這些人。要我嘔吐去找內科，惡作劇去找警察。

「然而或許你也知道，這世界上警察不管的犯罪有兩種，一種是

惡作劇的電話，一種是自行車小偷。因為兩者都件數太多，就算是犯罪也微不足道。連這些都要一一去管的話，警察的機能會癱瘓掉。因此根本不把我的問題當回事。惡作劇電話？那麼對方說什麼？只說你的名字？其他什麼也沒說？那麼請你在那邊的表單留下資料，如果有什麼新的發展再跟我們聯絡──大概就這樣了。我問那為什麼對方會知道我的行蹤也無人理睬，如果我再堅持追究的話恐怕要懷疑我頭腦是不是有毛病了。

「因此我終於明白，不論是醫師、警察或其他任何人都不能依靠。也就是說我只能靠自己一個人的力量去設法解決，除此之外別無其他辦法。我這樣想是大約在那『嘔吐電話』開始後第二十天左右吧。雖然我認為自己肉體和精神都算是相當強健的，但這時候卻也有點沒轍了。」

「不過你和那位朋友的女朋友倒是搞得很好吧？」

「嗯，對。正好那個朋友有事到菲律賓出差兩星期，我們在那段日子玩得很樂。」

「你跟她玩得正樂的時候，電話沒打來過嗎？」

「那倒沒有。我想只要查一下日記就知道，應該是沒有。電話都是我一個人的時候打來的。嘔吐也總是在我一個人獨處的時候。所以我那時就想到，我怎麼一個人獨處的時間這麼長啊。說真的，平均起來一天二十四小時裡，我二十三小時多都是一個人獨處。因為我一個人住，工作上也沒什麼交往，工作的事情大半都以電話解決，女朋友是別人的女朋友，三餐九成是外食，運動向來也是一個人游泳，至於說興趣，就是像這樣一個人聽骨董一般的唱片，何況工作也屬於必須一個人集中注意力才行的種類，朋友雖然有，但到了這種年紀都各忙

各的，不可能常見面……這種生活你了解嗎？」

「嗯，我懂。」我同意。

他在冰塊上倒了威士忌，用手指繞圈子攪拌後喝了一口。「因此我坐下來好好思考。想想以後我該怎麼辦。難道就像這樣獨自一個人為電話和嘔吐一直煩惱下去嗎？」

「你應該好好找一個正常的女朋友，屬於你自己的。」

「當然我也想過，那時候我已經二十七歲，安定下來也不壞。但結果還是不行。我不屬於這種類型的人。怎麼說呢，我沒辦法忍受這種輸法。我是說向噁心或惡作劇電話之類莫名其妙豈有此理的東西投降，並輕易改變自己的生活方式。所以我決心奮鬥到底，直到我體力和精力的最後一滴都被榨光為止。」

「哦。」我說。

「要是村上兄你會怎麼辦？」

「這個嘛，我實在難以想像。」我說，真的無法推測。

「噁心和電話依然繼續下去。體重也減輕了不少。請等一下──公斤。七月十日已經變成五十八公斤，五十八公斤哪！以我的身高來說簡直是難以相信的數字。因此我的西裝全部都尺寸不合了。下場是走路都得拎著褲子。」

嗯，有了──六月四日的體重是六十四公斤。六月二十一日是六十一

「我有一個問題，為什麼不裝個答錄機什麼的呢？」

「當然是因為不想逃避。如果那樣做，豈不等於告訴對方我認輸了。這是比耐力呀。看是對方先受不了，還是我先累倒。嘔吐也一樣。我決定把這當成理想減肥法。因為幸運的是體力並沒有極端下降，日常生活和工作也大致能照常進行。於是我又開始喝起酒來。從

早上就開始喝啤酒，天黑後就開始猛喝威士忌。反正喝不喝都要吐，那麼就沒什麼分別，倒不如喝了比較爽、比較甘心。

「然後我到銀行去提錢，到西裝店去買了一套適合新體型的西裝，兩條西褲。試著照照西裝店的鏡子，發現瘦一點也很不錯。仔細想想：吐並不是怎麼嚴重的事。既不像痔瘡或蛀牙那麼痛，也比瀉肚子文雅。當然這只是比較上的問題。只要營養不成問題，也沒有罹癌的可能性，那麼嘔吐這件事本質上並沒什麼害處。畢竟人家美國還有賣減肥用的人工合成催吐劑呢。」

「於是——」我說：「那嘔吐和電話就一直持續到七月十四囉？」

「正確說的話——請等一下——正確說，最後一次嘔吐是七月十四日的上午九點半，那次把土司、番茄沙拉和牛奶吐出來。而最後

一次的電話是那天晚上的十點二十五分，那時候我正一面聽著艾羅加

尼爾（Errol Garner）的《Concert by The Sea》，一面喝著人家送的

Seagram's V.O.——怎麼樣，有寫日記還滿方便的吧？」

「果然方便。」我同意，「於是從那之後兩方面都忽然停了

嗎？」

「忽然停了。像希區考克的電影《鳥》裡面一樣，早晨打開門一

看，一切都過去了。嘔吐和電話都再也沒發生。然後我體重又恢復到

六十三公斤，西裝和西褲還吊在衣櫥裡，像是一種紀念品似的。」

「打電話的人到最後說得都完全一樣嗎？」

他頭輕輕往左右搖。然後以有點恍惚的眼神望著我。「不。」他

說，「只有最後一次電話和以往不一樣。首先是對方叫出我的名字。

到這裡為止和往常一樣。可是那傢伙接著又這樣說：『你知道我是誰

嗎？』然後好一會都沉默，我也默不作聲。我想大概有十到十五秒左右，兩邊都沒出聲。然後電話掛斷了。只留下嘟──和固有的發信聲。」

「他真的那麼說？說『你知道我是誰嗎？』？」

「一字一句都不差，就是那樣。緩慢而客氣的說法。『你知道我是誰嗎？』可是那聲音我實在認不出。至少最近五、六年來接觸的人裡面，沒有符合那聲音的人物。不知道是不是很久以前小時候認識的人，或者是很少交談的人，不過我也想不起會被這樣的人怨恨的任何過節。我並不記得曾對任何人做過什麼過分的事情，而且我也沒有受歡迎到令同業仇恨的地步。那麼，跟女人的關係，正如剛才說的有些可疑的地方，這點我承認。活了二十七年，總不可能像嬰兒一樣潔白吧。不過我剛才也說過，那些人的聲音我都熟。一聽就會認出來。」

「可是，一個正常人是不會專門跟朋友的女人睡覺的吧？」

「那麼，」他說，「村上兄的意思是說那是我心裡的某種罪惡感──連自己都沒留意到的罪惡感──以嘔吐或幻聽的形式具象化了嗎？」

「我沒說，是你說的。」我更正。

「噢。」他說完把威士忌含進口裡，抬頭望望天花板。

「此外我想還有一種可能。那就是女人被你睡了的男人中的一個，請了私家偵探跟蹤你，並且為了懲罰你，或警告你，而讓他打電話給你。至於嘔吐只是身體的變調，這兩件事情碰巧發生在同一段時間。」

「聽起來都似乎有道理。」他好像很佩服似地說：「真不愧是小說家。不過，如果以第二種假設來說，我並沒有因此而停止和她睡

覺，為什麼電話卻突然不再打來了呢？不合邏輯吧。」

「大概沒耐心了，或者沒錢再繼續請偵探了。不管怎麼樣，這只是假設而已。如果只要假設就行的話，一百個、兩百個都想得出來。問題是你要採取哪一種假設。還有從這裡又能學到什麼。」

「你說學？」他意外地這樣說。然後把玻璃杯底貼著額頭有一會兒。「你說的學是指什麼？」

「當然是指如果同樣的事再發生一次怎麼辦。下次說不定就不止四十天了。無緣無故開始的事又毫無理由地結束。反過來也可能。」

「烏鴉嘴！」他一面嗤嗤笑著說。然後恢復一本正經的表情說：

「可是也真奇怪。你不說，我倒是一次也沒想過。也就是……你說那個會再重來一次的可能。喂，你真的覺得還會再來嗎？」

「這種事怎麼可能知道呢。」我說。

他時而轉著玻璃杯，時而小口小口喝著威士忌。然後把空了的杯子放在桌上，用衛生紙擤了好幾次鼻子。

「或許。」他說。「或許，下次會發生在完全不同的人身上噢。

例如村上兄。因為村上兄也未必完全清白吧？」

後來，我和他又見過幾次面，互相交換些談不上前衛的唱片、或一起喝酒。大約一年兩、三次左右。因為我並不屬於寫日記一型的人，沒辦法知道正確的次數。幸運的是就目前來說，他也好、我也好都沒有再遇到嘔吐或電話。

雨やどり

――避雨――

最近我在看一本小說，有一段文章這樣寫：不會花錢和女人性交

是個正經男人的條件之一。看過之後，覺得頗有道理。

我覺得頗有道理，並不表示我認為這種說法一定是正確的。只是

承認也有這種想法而已。至少我可以充分理解有些男人是抱著這樣的

信念而活的事實。

以個人的情形來說，我不會花錢和女人性交。以前沒做過，以後

也並不打算做。不過這不是信念的問題，而可以說是興趣的問題。因

此我覺得不能斬釘截鐵地說，花錢和女人睡覺的人是不正經的。只是

碰巧遇上那機緣而已。

除此之外，也可以這樣說。

我們多多少少都在花錢買女人。

從前，當我還很年輕的時候，當然沒有那樣想過。我只是非常單純地以為性是免費的。只要某種善意和某種善意（或許也有較為不同的稱呼方式）相遇，就非常自然地，像自然發火一樣發生性行為，是這樣的想法。年輕的時候，確實這就行得通，而且基本上要花錢也無錢可花。自己沒有，對方也沒有。在一個陌生女孩的公寓裡過夜，早晨起來一面喝著即溶咖啡一面分吃著冷麵包，像這樣的生活，也能樂在其中。

然而年紀漸大，隨著相應的成熟，我們對通盤的人生有了更不相同的看法。也就是說我們的存在或實在，並不是由各種不同層面而成，而是怎麼也不可能分離的一個整體的這種看法。換句話說，我們工作獲得收入，讀喜歡的書，投票選舉，去看夜間球賽，和女人睡

覺，這每一種作業並非各自獨立運作的，歸根究柢只不過是同一樣東西以不同名稱來稱呼而已。因此性生活的經濟層面就是經濟生活的性層面，是十分有可能的。

至少現在的我，是這樣認為。

因此我不太可能像我讀著的那本小說中的主角一樣輕易地就斷言：「花錢和女人睡覺不是正經人做的事」。那可能存在的選擇之一，我只能這麼說。至於原因，就像前面說過的，我們在日常中買進賣出或交換的東西實在太多了，以至於最後往往根本搞不清楚賣了什麼買了什麼。

雖然我沒辦法清楚說明，不過我歸根究柢應該就是這樣。

當時一起喝酒的女孩對我說，她幾年前曾經收錢和多個陌生的男人睡過。

我喝酒的地方在表參道靠近澀谷區的一家類似新式餐廳酒吧的店裡。備有三種加拿大威士忌，還有簡便的法國菜，大理石吧檯上蔬菜整棵堆積在上面，喇叭播放著桃樂絲黛的《It's Magic》，會有設計師或插畫家之類的人來此聚集談一些感覺革命之類的話題，是一家這種類型的店。像這種店任何時代都有，一百年前就有，一百年以後也應該還有吧。

我走進這家餐廳，只因走到那附近時突然下起雨來。我在澀谷談完事情，悠哉地散步，打算去《花衣吹笛人之屋（Pied Piper House）》看看唱片的途中下起雨來。距離黃昏還早的時間，店裡幾乎沒有人影，而且朝街那面是落地玻璃，可以看到外面雨勢的大小，所以我打算一面喝啤酒，一面等雨停。背包裡有好幾本剛買的書，要

打發時間並不困難。

菜單送來，我看了啤酒那項，光是進口的就排了二十幾種品牌。

我隨便選了一種啤酒，下酒點心在猶豫了一下之後要了一碟開心果。

季節是夏末，街上飄著一股適合夏天結尾的空氣。女孩子們都曬黑了，臉上一副「那種事情我了解」的神色。大粒的雨滴瞬間把柏油路面染黑，並冷卻了街道的熱氣。

那群吵嚷的人啪噠啪噠收著傘衝進店裡時，我正在讀索爾・貝婁（Saul Bellow）的小說。索爾・貝婁的小說就像大部分索爾・貝婁的小說那樣，並不適合避雨時打發時間讀，於是我趁機把書闔上，一面剝著開心果的殼，一面觀察那群人。

那群人總共七個，四男三女。年齡看來從二十一到二十九，個個的裝扮即便不算走在流行的最前端，那都相當時髦。有的頭髮立起

來，有的穿著縐巴巴的嫘縈夏威夷衫，有的穿著臀部緊繃的長褲，有的戴黑框圓形眼鏡，諸如此類。

他們一進來就圍著中央一張卵形大桌坐下。看來似乎是這裡的常客；果然誰也沒開口，威士忌酒瓶和冰桶就送上來了。服務生將菜單分給眾人。雖然看不出他們究竟是哪一類人，不過大概可以猜出接下來要幹什麼。多半是討論工作相關的企劃的聚會，要不就是召集工作的檢討會。等每個都喝得醉醺醺講話繞著同一件事情打轉後便握手散會。其中一個女孩子醉倒了，由其中一個男人招計程車送回家，如果順利的話，就順便上床鑽進棉被裡去。這是一百年前延到現在的古典聚會。

等我對這群人觀察夠了之後，便開始眺望窗外的景色。雨還繼續下著。天空依然像被蓋上蓋子似的漆黑一片，看來這場雨似乎要比預

想中要下得久的樣子。道路兩旁雨水匯集形成急流。餐廳對面有一家熟食老鋪，玻璃櫥裡擺著用豆類或是切絲蘿蔔乾等烹飪的小菜。一隻大白貓蹲在小貨卡下面躲雨。

心不在焉地望著這些風景有一會兒之後，視線移回店裡，一面吃了幾個開心果，一面考慮要繼續看書時，一個女孩子走到我桌子前面，叫了我的名字。是剛才進到店裡來的七人一群中的一個。

「還記得我嗎？」她說。

「對。」我吃驚地回答。

「對嗎？」她說。

我看看她的臉，有印象但想不起來是誰，因此我老實說了。女孩子拉開我對面的椅子，在那兒坐了下來。

「我曾經採訪過村上先生一次。」她說。這麼一說確實有這回

避雨

事。因為是我出第一本小說的時候，離現在將近五年了，她是一家大出版社旗下女性月刊雜誌的編輯，負責書評專欄，在那上面登了採訪我的報導。對我來說那次應該是我當了作家之後第一次接受採訪。那時候她留著長頭髮，穿著典雅漂亮的洋裝。我想應該比我小四、五歲吧。

「妳變了很多，所以沒認出來。」我說。

「是嗎？」她說著笑了。她將頭髮剪成了流行的短髮，穿著一件像腳踏車的防水布做成的寬鬆卡其色襯衫，耳垂戴著兩個像是動態雕塑的金屬片。要說是眉清目秀，算得上是個美女，這樣的打扮倒也相當適合她。

我喊服務生來，點了雙份威士忌加冰。服務生問要什麼威士忌。

我試著問有沒有起瓦士（Chivas Regal），結果居然有Chivas。然後

我轉向她問她要喝什麼。她說一樣的就可以。於是我點了兩杯雙份起瓦士威士忌加冰。

「妳不在那邊可以嗎？」我瞄了一眼中央桌子的方向後說。

「沒關係。」她立刻說，「工作上的往來一起喝一點而已，而且公事也差不多談完了。」

威士忌送來了，我們各自拿起玻璃杯就口。就像平常一樣散發著起瓦士的酒香。

「村上先生，你知道那本雜誌收掉了嗎？」她說。

她這麼一提，我想起是聽說過。以雜誌本身來說評價不錯，不過銷路並不好，因此兩年前被公司停刊了。

「所以那時候我也被調職，派到總務課。雖然我也曾經積極反抗，表示那樣太不合理，結果還是被公司強迫調過去，因為這些波折

覺得好煩，所以就辭職了。」她說。

「可惜是一本滿好的雜誌啊。」我說。

♠

她辭職離開公司是在兩年前的春天，在那前後，她和交往了三年的男朋友也分手了。原因說來話長，不過這兩件事情關係密切。簡單地說，他和她是同一本雜誌的編輯。男方比她大十歲，已經結婚，有兩個孩子。男方原本一開始並沒有打算要和妻子離婚跟她在一起。關於這點也對她明說了，她覺得那樣也沒什麼關係。

男方的家在田無，因此在千駄谷附近一家會員制飯店租了一間房間，工作忙的時候，每星期在那裡住兩、三天。她也每星期在那裡住

一天。他們的交往方式絕不勉強。關於這些細微的部分，男方已經很熟練而且謹慎，對她來說這樣也輕鬆。因此兩個人的關係持續了三年都沒有被任何人發現。在編輯部裡甚至還被認為他們兩人處得不好。

「不簡單吧？」她對我說。

「真的。」我說，但也覺得這是常有的事。

雜誌的停刊已經確定，人事異動發表了，男方被拔擢為女性週刊的副總編輯。女方前面已經說過，被調到總務課。女方向公司抗議說當初是應徵編輯進來的，所以希望能調到編輯性質的工作，可是公司以雜誌方面目前實力不夠，不可能再增加編輯人員為由而否決。但補償性地表示等一年或兩年後會再調回編輯部。然而她不認為事情會這麼順利。一旦退出了編輯領域，就只能在販賣課或總務課當職員被文件堆包圍而逐漸老朽，這種例子她看多了。空白期一年變成兩年，兩

年變成三年，三年變成四年，於是年紀漸漸大了，逐漸喪失做為第一線編輯人員的感覺。她不想變成這樣。

她試著託戀人，把自己拉到同一個部門。當然會朝那個方向去努力，不過可能沒希望，男方這麼說。現在我的發言力量非常有限，而且如果太明顯去爭取，讓別人懷疑也不好。倒不如在總務課忍耐一、兩年，到那時候我的力量會比較強，可以把妳升上去。所以還是這樣吧。這樣最好，男方說。

騙人！她想。其實男方是膽小。他滿腦子只想到自己另有發展的舞台，卻不打算為她動一根手指。聽著男的說詞，她的手在桌子下不停地顫抖。她覺得每個人都在踐踏她。她真想把整杯的咖啡往男的臉上潑去，結果還是覺得自己很傻而作罷。

「是啊，或許是。」她對男方說，並微微一笑。然後第二天便向

公司提出辭呈。

「這種事情，聽起來很無聊吧？」她說，像用舔似地喝了一口威士忌，然後用那仔細塗了指甲油形狀美好的拇指指甲剝著開心果殼。

我覺得她剝開心果的聲音聽起來比我剝的聲音好聽多了。

並不無聊，我一面望著她的拇指指甲一面說。她把剝開的兩片殼放進菸灰缸裡，果仁送進嘴裡。

「怎麼扯到這話題上來了。」她說，「不過剛才看到村上先生在這裡，忽然覺得好懷念。」

「懷念？」我有點吃驚地反問。到目前為止我只見過她兩次，而且也沒有特別親近地談過話。

「總之，怎麼說呢，好像遇見了老朋友一樣。雖然現在已經在不

同的世界，不過以前曾經是關係非常重要的人……雖然說實話並沒有

什麼具體的關係。不過我說的你能了解吧？」

好像可以了解，我說。總而言之，對她而言我這種人不過是一種

記號性的——說得好聽一點是一種慶典性・儀式性的——存在而已。

在實質的意義上，我這個人的存在，並不屬於她作為日常的平面所掌

握的世界中。這樣一想我覺得有點不可思議。

那麼像我這樣的人，到底屬於何種日常的平面呢？我想。

這是個困難的問題。而且是個與她無關的問題。因此關於這件事

我什麼也沒說。只說「好像可以了解。」而已

她伸手又拿了一顆開心果，像剛才一樣用拇指指甲剝著。

「我只希望你知道，我並不是對每個人都這樣毫無隱瞞的。」她

說，「事實上，這件事我是第一次跟人家講。」

我點點頭。

窗外還繼續下著夏天的雨。她把拿在手上玩弄著的開心果殼丟進菸灰缸，然後開始繼續說。

辭職以後，她隨即逐個打電話給工作上認識的編輯朋友、攝影師、自由撰稿人，告訴他們自己已經辭職並且正在找新工作。其中有幾位說可以幫她找到工作。也有人當下就叫她明天就過去。大多是PR誌或地方情報誌或流行服飾廠商宣傳手冊之類的小案子，不過總比在大公司裡整理帳單要好太多了。

得知工作有兩個大致已經確定，而且兩份兼著做的收入並不比以前差，她鬆了一口氣。於是她請求延後一個月就職，決定在那期間什麼也不做，只看看書、看看電影，或去小旅行一下。雖然金額不多，不過還是領到一些退職金，生活不成問題。她去找一位自己編雜誌時

代認識的髮型設計師，把頭髮剪短成現在這個樣子，再到那位設計師常去的精品店，買了一整套和髮型搭配的衣服、鞋子、皮包和飾品。

辭職後的第二天傍晚，過去的同事兼戀人打電話來。對方一說出名字，她什麼也不說便把電話掛了。十五秒鐘之後，電話鈴聲又再響起。她拿起聽筒，還是同一個人打來的。這次她沒掛電話，卻把聽筒塞進肩背包裡把拉鏈拉上。從此以後電話再也沒打來過。

那一個月她悠閒地度過。結果並沒去旅行。仔細想想本來就不是很喜歡旅行，而且和男人分手的二十八歲女人，獨自一個人去旅行似乎也太浪漫過頭而提不起勁。她在三天之內看了五場電影、去聽音樂會、到六本木的Live House去聽爵士樂現場演奏。然後一本本讀起為閒暇時準備而積下來的書，或聽聽唱片。還到體育用品店去買了慢跑鞋和運動褲，每天試著在附近慢跑十五分鐘。

　　　　　　　　　　　　　　　　　　雨やどり

剛開始的一星期一切都還算順利。從煩雜而耗神的工作解放出來而得以隨心所欲去做自己喜歡的事情，真是棒透了。興致來了就下廚，天黑之後一個人喝喝啤酒或喝點葡萄酒。

然而這休假大約過了十天以後，她體內有了某種改變。再也沒有一部電影讓她想去看，音樂只覺得吵鬧而已，LP唱片連聽完一張都沒辦法，一看書就頭痛。自己做的飯菜吃起來都味道不對。慢跑自從有一天被一位似乎不懷好意學生模樣的男人跟蹤之後就完全放棄了。神經異樣地亢奮，半夜醒過來，會覺得好像有人在黑暗中一直注視著自己似的。遇到這種情形把棉被蒙頭蓋上渾身發抖直到天空泛白。食慾低落、整天心神不寧。什麼都不想做。

她試著給每個熟識的人打電話。其中有幾位跟她閒談或幫忙出主意，不過他們也都工作很忙，總不能老是一直陪她。「再過兩、三天

手邊的工作就可以告一段落，到時候再去喝一杯吧。」說完他們就把電話掛了。然而兩、三天後並沒有邀約電話打來。一定是工作剛告一個段落就又立刻投入另一件工作去了。她自己這六年來也一直重複過著這樣的日子，因此非常了解這樣的情況。所以自己也不願主動打電話去打擾別人。

天黑之後待在家裡很不好受，因此她入夜之後，她便換上剛買的新衣服外出，到六本木或青山一帶找一家雅致的酒吧，一個人慢慢啜著雞尾酒，直到電車收班的時刻來臨。運氣好的話會在那裡遇到從前認識的朋友，可以談談天消磨時間。運氣不好的話（雖然這種時候是壓倒性的多數），誰也碰不到。運氣再壞的話，在回家的末班電車上，被陌生男人將精液甩在裙子上，或被計程車司機調戲。在一千一百萬人口的擁擠都會中，她感覺自己孤獨得難以忍受。

她第一次睡覺的對象是個中年醫師。他長得很英俊，穿著高檔的西裝──雖然後來才知道──年紀是五十一歲。她在六本木一家爵士俱樂部獨自飲酒時，那個男人走到旁邊來，「妳等的人似乎沒出現，坦白說我也一樣，如果不介意的話，我們可以一起等看看誰的朋友先出現為止，好嗎？」說著這種慣見的對白。手法雖然老套，不過因為他的聲音非常好聽，所以她略為猶豫之後說「沒關係，請坐」。然後兩個人聽了一會兒爵士樂（好像稀釋過的糖水般的鋼琴三重奏），喝了酒（他寄在酒吧的一瓶傑克丹尼Jack Daniel's），聊了天（六本木的往事）。當然他的朋友並沒有出現。時鐘繞過十一點時，他說我們找個安靜的地方吃點東西吧。她說現在必須回高圓寺了。那麼我開車送妳，他說。不用送，可以自己回去，她說，那麼這樣好了，我在這附近有個房子，乾脆在那兒過夜怎麼樣？他說。不，當然假如妳不喜

歡的話，我不會勉強妳做什麼。

她沉默不語。

他也默不作聲。

我很貴噢。她說。為什麼會那樣說，自己也沒辦法了解。不過這句話極其自然地脫口而出。一旦說了，是再也收不回去了。於是她緊咬著嘴唇直視著對方。

對方微微笑起來，在玻璃杯裡注入新的威士忌。「可以呀。」對方說，「金額說看看。」

「七萬。」她即席回答。為什麼是七萬呢？完全沒有根據。但是她覺得金額如果不是七萬就不行。另一方面她也認為如果說七萬，男人或許會拒絕。

「再加上全套法國大餐如何？」男的說著舉起威士忌玻璃杯，仰

頭喝乾，站了起來。「那麼走吧！」男人說。

「妳說是醫生對嗎？」我試著問她。

「嗯，是啊。」她回答。

「是什麼醫生？我指專業是……」

「獸醫。」她說，「說是在世田谷當獸醫。」

「獸醫……」我說。聽到獸醫買女人這種事，一時之間不太能適

應。不過當然獸醫也可以買女人。

獸醫請她吃了法國大餐，然後帶她回到神谷町十字路口附近他的

大廈套房。他對她溫柔相待。既不粗暴，也沒什麼變態的舉動。兩個

人慢慢的相交，隔了一小時之後，再度相交。剛開始，她對於陷入這

種狀態感到極為慌亂，不過在他細細的愛撫之下，多餘的顧慮一點一

點地消失，逐漸投入在性愛之中。男人抽出陰莖去淋浴之後，她在床上躺了一會兒，一直閉著眼睛。然後她發現這些日子以來一直盤據體內的無以名狀的焦躁已經完全消失無蹤。真要命！她心裡想。怎麼會變成這樣呢？

早上十點她醒過來時，男人已經去上班了。桌上有一個裝了七張一萬圓鈔票的信封，旁邊放著房間的鑰匙。還有一封信，寫著鑰匙請投入信箱裡。還寫說冰箱有蘋果派、牛奶和水果。此外還有「可以的話，希望最近還能再見一次，如果你也有意，請打這個電話。一點到五點我一定會在。」並且夾了一張寵物醫院的名片。名片上有電話號碼。其中2211幾個數字旁邊還附加假名拼音小字「咪咪汪汪」。

她把那封信和名片撕成四片，點了根火柴在流理台燒掉。錢則收進皮包裡。冰箱裡的東西連碰都沒碰。然後她攔了輛計程車回到自己的公

寓。

「在那之後又有過幾次拿錢和不同的人睡過。」她對我說。然後沉默。

我兩隻手肘支在桌上，十指在嘴唇前面交叉。然後喊服務生過來，又點了兩杯威士忌。

「要什麼下酒點心？」我試著問。隨即送來威士忌。

「不用了。真的請不要介意。」她說。

我們又再小口小口啜著威士忌加冰。

「我可以發問嗎？或許有些過分的。」我試著問她。

「當然，沒關係。」她說。然後眼睛有點睜得圓圓的望著我的臉，「因為我想老老實實說出來，所以現在才這樣子向村上先生坦白

呀。」

我點點頭，剝著剩下不多的開心果。

「其他時候，是不是每次都七萬圓呢？」

「不。」她說，「並不是。每一次隨口說出來的金額都不一樣。最高是八萬圓，最便宜是四萬圓吧。看對方的臉，直覺地說出數字。不過金額說出來以後，倒是從來也沒有被拒絕過呢。」

「真不簡單啊。」我說。

她笑了。

她在那次「休假中」一共和五個男人睡過覺。對象都是四十幾歲或五十幾歲，穿著體面的風月老手。她都在熟人不太可能光顧的店物色對象。一旦成功後就不再上門。大多的男人都在飯店開房間，在那

裡過夜。只有一次被要求用奇怪的姿勢，其他的對象都極為正常。錢也都如數照付。

然後她的「休假」結束了。重新回到趕完一個工作又立刻趕另一個工作的日子。雖然ＰＲ誌、地方情報誌和企宣手冊不像大雜誌那麼有聲望和對社會的影響力，不過反而可以一切都照自己的意思去發揮。現在和過去比起來，真要說的話還是現在比較幸福。她有了一個比她大兩歲的攝影師男朋友，再也不會想拿錢和男人睡覺了。目前這個工作很有意思，因此並不打算立刻結婚，不過她說，再過兩、三年或許會有那個念頭。

「到時候會和村上先生聯絡。」她說。

我在記事本上的備忘寫下住址，撕下來交給她。她向我道謝。

「對了，那時候和幾個男人睡覺拿到的錢結果怎麼處理？」我

問。

她閉上眼睛喝著威士忌，然後咯咯地笑。「你認為會怎麼樣？」

「不知道啊。」我說。

「全部金額存了三年的定存。」她說。

我笑了，她也笑了。

「到時候或許會結婚或幹什麼，錢再多都不夠用。你不覺得嗎？」

「應該是。」我說。

中央桌的那群人大聲喊著她的名字。她轉身向後面，揮揮手。

「不能不走了。」她說，「讓你聽了這麼久，真不好意思。」她說。

「我不知道這樣說是不是妥當，不過話題滿有意思的。」我說。

她從椅子上站起來，嫣然一笑，非常動人的笑臉。

「嘿！」我說，「如果，我說我想付錢跟妳睡覺，我是說如果‧‧‧‧

噢。」

「噢。」她說。

「妳會開多少？」

她稍微張開嘴唇吸了一口氣，考慮了三秒鐘，然後再度微微一笑，說「兩萬圓。」

我從褲袋掏出皮夾子，試著算算裡面放了多少錢，一共是三萬八千圓。

「兩萬圓加飯店房間費，這裡的帳、還有回家的電車費，正好是這個數目吧？」

真的如她所說的。

「晚安。」我說。

「晚安。」她說。

走出外面，雨已經停了。因為是夏天的雨，因此不會下得很久。抬頭看看天上，很難得地的有星光閃爍。熟食老鋪早已打烊。貓剛才躲雨的小貨卡也不知去向。我在雨後的路上走到表參道，肚子餓了，於是走進鰻魚屋去吃鰻魚。

一面吃著鰻魚，我一面想像付兩萬圓和她睡覺的情形。雖然和她睡覺本身或許不錯，可是為此而付錢卻有點奇怪，我想。

然後我想起從前，做愛像山林火災一樣免費的那時候。那真的是像山林火災一樣免費的。

野球場

——棒球場——

「大約已經是五年前的事了，我住在一個棒球場旁邊。那是大學三年級的時候。說是棒球場其實也沒那麼不得了，只不過是比野草地稍微好一點的程度而已。大體上後方防護網是有的，投手板是有的，一壘長椅旁邊有簡單的記分板，整個球場用鐵絲網圍起來。外野沒有鋪草皮，代替的是長了乾巴巴的雜草。廁所有一間小的，但沒有更衣室或寄物櫃等設施。這球場的所有者是在那附近擁有一間大工廠的鋼鐵公司，入口掛著一塊未經許可禁止進入的牌子。一到星期六和星期天，那家鋼鐵公司的職員和工人所組成的各個隊伍就來這裡舉行業餘棒球比賽。此外那家公司也有正規的軟式棒球隊，平常的日子那些球員就在這裡練習。另外也有女子壘球的社團。看來似乎是一家喜歡棒球的公司。不過住在棒球場旁邊，其實也不壞。我住的公寓就建在三壘長椅的正後方，我住在二樓。一打開窗戶鐵絲網就在眼前不遠處。

因此每當我無聊的時候——其實白天似乎每天都很無聊——便呆呆望著職員的棒球比賽或棒球隊的練習以消磨時間。不過我之所以住在那裡，並不是為了看棒球。其實完全是為了另外的原因。不過我之所以住在那

年輕人說到這裡，便中斷了話題，從上衣口袋掏出香菸，抽了一根。

我和這年輕人那天是第一次見面。他寫得一手非常有魅力的字。

我會想和他見面，說起來原因也是出自他那手有魅力的字。雖說是有魅力，但他的字之美，卻和世上常見的硬筆書法的流利無緣，整體而言說是屬於不工整而樸拙並且有個性的類型。一個一個的字左搖右晃，有如塗鴉而且也不均衡，有些線條過長，有些則過短。雖然如此，他的字依然有一種彷彿會高歌的大氣魄。我這輩子還從未看過如此優美

而有韻味的硬筆字。

他以那樣的字，寫了七十張稿紙左右的小說，並以小包裹寄到我家裡來。

我家經常會收到這類的原稿寄來。有時候是複印的，有時候是手寫的。本來我應該過目之後，寫點感想或什麼的回信，不過因為我不太喜歡這樣的事，同時也不擅長——總而言之我是個想法極端自我的人——因此總是附上回絕的信，把稿子寄還給當事人。雖然也覺得過意不去，但總不能從錯誤的井裡汲水呀。

然而這年輕人寄來的七十張稿紙的小說我卻不得不讀。一個原因前面已經說過，字實在太有魅力了，能夠寫出這麼不尋常的字的人會寫出什麼樣的小說，我無論如何總想一探究竟。此外另一個原因是那原稿所附的信，內容非常得體，簡潔又坦誠。實在是不好意思，打擾

了。這是我生平第一次嘗試寫小說，可是自己卻覺得非常困惑而且自己想寫的素材和自己所寫出來的作品之間有很大的差距，我實在不明白這對作家來說究竟意味著什麼。如能惠賜批評，既使再短，對我而言都是再高興不過的事——信上這樣寫。考究的信封和考究的信紙。

沒有錯別字。於是我就讀了他的小說。

小說的舞台是新加坡的海濱。主角是一位二十五歲的單身上班族，他和女朋友一起請了假，來新加坡。那海岸有一家專門賣螃蟹的餐廳。兩個人都非常喜歡吃螃蟹，而那家餐廳是以當地人為客源，所以價錢非常便宜。因此他倆每天傍晚就到那裡去喝新加坡啤酒，然後大吃螃蟹料理。新加坡有幾十種螃蟹，而螃蟹料理則有上百種之多。

然而有一天晚上，走出餐廳回飯店房間之後，他覺得非常不舒服，就在廁所吐了。胃裡滿是白肉的蟹肉。他一直盯著浮在便器水中

的那些塊狀的肉時，覺得那些東西似乎稍稍在動著。起初他以為那可能是自己眼睛的錯覺。然而肉確實在移動著。感覺就像皺紋揪在一起似的，肉的表層在顫顫地抖動。那是白色的蟲。幾十隻和螃蟹肉一樣顏色的白色微小的蟲子，浮在肉的表面。

他再一次把胃裡的東西全部徹底吐出來。胃收縮成一個握緊的拳頭一般大小，最後一滴發苦的綠色胃液都被他吐了出來。就算這樣還不夠，他咕嘟咕嘟喝下漱口水，然後又全部吐出來。不過關於蟲子的事他沒有告訴女朋友。他問女朋友會不會想吐。不會。女朋友回答，你大概喝太多啤酒了，她說。大概吧，他說。可是那天傍晚他們兩人吃的是從同一個盤子裝的相同的料理。

那天夜裡，男人在月光下望著睡得沉沉的女人的身體，然後想到可能在其中蠕動著的無數微小的蟲子。

是這樣的一個故事。

題材有趣、文章結構也嚴謹。如果以生平第一次所寫的小說而言，算是相當不錯。而且主要的是字很漂亮。不過說真的，和字的魅力比起來，那篇作品以小說來說魅力的程度就大為低落了。雖然確實算整理得不錯，可是以小說來說，卻幾乎完全沒有張弛起伏，從頭到尾都均等而平板。

當然我對別人的小說格式並沒有下決定性判斷的立場。不過他的小說所具有的缺點，是屬於致命類別的缺點，連我也看得出來。簡單來說是無從改起。小說中就算只有一個突出而出色的部分，都有可能（理論上）以此為重點來提升小說的水準。然而他的小說卻沒有這個。拿任何一部分來看都很平均而平板，沒有什麼能夠深入人心的地方。但是對一個沒見過面的陌生人，實在不方便坦白地把這感想寫下

來寄出去。因此我只寫了一封大意是這樣的短信「我覺得相當有意思，只要削減多餘的說明部分再仔細打磨打磨之後，我想就適合投去應徵雜誌的新人獎了。更具體的評論已經超出我的能力所及。」附在原稿裡寄回去給他。

一星期之後，他打電話來，說雖然覺得很冒昧，不過還是希望能見一面。還說他今年二十五歲，在銀行上班，工作地點附近有一家味道相當不錯的鰻魚屋，為了感謝我給他的建議，不知能否請我吃一頓飯聊表心意。既然事情已經起了個頭，而且因為是看稿子而讓人請吃鰻魚，也有點不可思議，因此我決定赴約。

從他字體和文章的感覺，我下意識預想會是個清瘦的年輕人，然而實際見了面卻發現他比一般標準胖。雖說如此也還不至於到肥的地步，只是肉長得有點餘裕的程度而已。兩頰飽滿額頭寬，蓬鬆的頭髮

從正中央往兩側分開，戴著細框圓形眼鏡。整體看來清潔而教養良好的樣子，服裝品味也頗端整。這方面倒是和想像中一樣。

我們互相打過招呼之後，便在一個小包間面對面坐下，喝啤酒吃鰻魚。用餐之間幾乎沒觸及小說的話題。我誇獎了他的字。他似乎對字被誇獎感到非常高興。然後他談到銀行工作的內幕。他的談話相當有趣。至少比讀他的小說有趣多了。

「關於小說的事別再提了。」話告一段落之後，他好像在辯解地的說，「說真的，您將原稿寄回來之後，我又仔細讀了一遍，連自己都覺得不好。既使修某些部分或許會稍微好一點，不過就算那樣也和我想寫的樣子完全不同。本來不該是要那樣寫的。」

「那是實際真正發生的事情？」我吃驚地問他。

「嗯，當然是真有其事。那是去年夏天的事。」他一副理所當然

的表情說。「除了實際發生過的事之外我也寫不出來。因此只能寫真正發生過的事。從頭到尾一切都是真實發生的事。不過，雖然如此，寫出來的東西再讀起來卻沒有真實感。問題就在這裡。」

我含糊的回應他。

「我好像還是繼續在銀行上班比較好。」他笑著說。

「不過作為故事來說是相當特別，根本想像不到是實際發生的事。我還以為一定是完全虛構的呢。」我說。

他把筷子放下，一時直盯著我的臉瞧。「我很難說清楚，只是我老是有一些奇怪的體驗。」他說。「說奇怪好像也不是非常離奇，要說不奇怪好像也不怎麼奇怪。不過對我來說，那些事情有點奇怪，好像跟現實有點脫節似的。也就是說在新加坡海濱的餐廳吃過螃蟹，然後吐了，還有蟲子出現，可是女孩子那邊卻什麼也沒事，還睡得沉沉

棒球場

的，像這種事情。說怪也怪，說不怪也不怪。是吧？」

我點點頭。

「這類事情，我心裡有好多。所以才想寫小說試試看。既然不愁沒有題材，應該是要寫多少都可以。但實際試著寫之後我覺得小說並不是這樣的東西。如果擁有很多有趣題材的人就可以寫出很多好小說的，那麼小說家和金融業就沒什麼差別了。」

我笑了。

「不過很高興能跟您見面。」他說。「託您的福很多事情總算搞清楚了。」

「不須要感謝我，倒是你所提到的那種所謂奇怪的體驗，能不能隨便講一個來聽聽？」我說。

他聽了我的話似乎有點訝異，他把玻璃杯裡剩下的啤酒一口喝

乾，然後用濕巾擦了一下嘴邊。「要講我的事情是嗎？」

「對。當然如果你想留著當做自己小說的題材的話那就另當別論。」我說。

「不，小說已經夠了。」他說著在臉前搖搖手。「說出來一點都沒關係。因為我喜歡講話。只是覺得好像只講我一個人的事不好意思。」

我倒是喜歡聽別人的事情，所以你不用介意，我說。

於是他開始談起有關棒球場的事。

「棒球場的外野後方是河灘，河流對面有幾棟公寓零星建在雜木林裡。因為那是離都心相當遠的郊外，所以周圍還留下不少的田地。不過我會住在那裡的理由，不怎麼能夠稱得上帶有田園風情的，而是低俗得多的。我那時候

一到春天可以看到雲雀在空中繞著圈子飛。

對一個女孩子很著迷，但她卻似乎一點也沒注意到我。她長得相當漂亮，頭腦也好，有點令人難以接近的感覺。她和我是同年級，而且參加同一個大學的社團，不過從她的言談好像已經有了固定的男朋友。她實際上有沒有男朋友，我並不清楚。社團裡其他的夥伴對她的私生活也一無所知。於是我決定對她的生活來個徹底調查。如果能夠知道有關她的各種事情，應該就能掌握一些線索，如果不行的話，至少也可以滿足我的好奇心。

「我按照社團名簿上所登記的地址在中央線很後面的一站下車，然後再搭巴士，找到了她所住的公寓。她的住處是鋼筋水泥的三層樓房，蓋得相當氣派。陽台朝南面向河灘，可以一直眺望到很遠的對面。河的對面是寬闊的棒球場，可以看到在打棒球的人們的身影。球棒打球的聲音，和喊叫聲都聽得見。棒球場再過去可以看到聚集了很

多民宅。我確定她住的房間在三樓的最左邊之後便離開公寓，過了橋，來到河的對面。由於只在很下游的遠處有一座橋，因此過河花了相當長的時間。我順著河岸再走到上游在她公寓對面站定，眺望她房間的陽台。陽台上排列著幾盆盆栽，角落放著洗衣機。窗上掛著蕾絲窗簾。然後我沿著棒球場外野的圍網，從左外野繞往三壘的方向。然後就在三壘旁邊發現了一棟地點正好的破舊公寓。

「我找到那公寓的管理員，問他二樓有沒有空房間。事有湊巧，由於季節正是三月初，所以有好幾間空房。於是我逐一看過那些房間，選了一間完全符合我的目的的房間，決定就在那兒住下來。不用說是可以沒有阻礙看到她的地方。在那一星期之內，我把行李整理好，就搬進了那個房間。建築物很老舊，窗戶朝東北，房租便宜得驚人。而後我回到家裡──老家在小田原，因此週末總會回家──請

求父親借給我一個特別大的照相機的望遠鏡頭。然後我把它裝在三腳架上放在窗邊，調整到可以看見她公寓的房間。原本並沒有打算要偷看。可是想到可以用望遠鏡頭試試看，並實際去嘗試之後發現，房間裡的情境竟清晰得令人難以置信，簡直就像伸手可及似的。甚至書架上的書名都可以讀得出來呢。」

然後他停頓了一下，把香菸在菸灰缸按熄。「怎麼樣？還要講到最後嗎？」

「當然。」我說。

「新學期開學時她回到公寓。於是我就可以飽覽她的生活了。

她的公寓前面是河灘，對岸是棒球場，而且房間又在三樓，因此她似乎完全沒有想到自己的生活會被誰偷看。正如我所盤算。到了晚上雖然她還是會把蕾絲窗簾拉上，可是那種東西只要房間裡開燈就起不了

任何作用。因而我就可以隨心所欲地探望她的生活動態，還有她的身體。」

「拍了照片嗎？」

「沒有，」他說，「我沒拍照。如果做到那個地步，會覺得自己非常齷齪。雖然光是偷看說起來可能也已經相當齷齪了，不過我覺得還是必須劃出一條界線才行。因此沒有拍照。只是悄悄看著而已。不過仔細去觀察女孩子的生活也真是一件怪事。因為我沒有姊妹，而且也從來沒有和任何特定的女孩子有過深交，因此女孩子在平常的生活中到底都在做什麼，簡直是毫無所知。所以，很多事情，真是令我訝異，甚至震驚。詳細情形實在很難描述，我就不說了，不過真的好奇怪吧。您可以了解嗎？」

「我應該可以了解。」我說。

「那些事情如果是面對面一起生活，或許會逐漸習慣也不一定。

然而一旦突然跳進放大了的畫面裡，卻顯得相當怪誕。當然我也知道喜歡這種怪誕的人在這世界上還不算少數。不過我並不屬於這種類型的人。看著這樣的情形，覺得好悲哀、令人窒息難過。因此大約連續窺看了一星期之後，我決心不再做這樣的事了。我把望遠鏡頭從相機上拆下來。連同三腳架一起丟進壁櫥裡。然後站在窗邊眺望她公寓的方向。外野圍網的上面一點，正好在右外野和中外野的中間一帶，可以看見她公寓的燈光。像那樣子看著看著，我對於各種人每天的營生，開始懷有幾分溫柔的感觸。然後想道：到此為止吧。這一星期的觀察，大體可以知道她並沒有固定的男朋友，而且現在還來得及把各種事情完全忘光，重新回到原來的地方，也就是說明天就去約她，如果順利的話說不定從此就變成一對情侶，我想。然而事情並沒有這麼

簡單。因為我已經無法不去窺看她的生活了。當我望著棒球場對面隱約可見的公寓燈光時，我發現我身體裡面想要把它放大並切碎的慾望正逐漸增大。而且，憑我的意志力沒有辦法把那壓制下來。就像舌頭在嘴巴裡面逐漸腫大，最後終將窒息似的感覺。這該怎麼說才好呢，既是性方面的情感，同時又是非性方面的情感。感覺就好像我體內的暴力性有如液體般，從毛孔滲透出來。我想大概誰也沒辦法讓這種事情停止下來吧。這樣的暴力性居然會隱藏在我的體內，過去連我自己都毫無所知。

「就因為這樣，我把照相機、望遠鏡頭和三腳架又從壁櫥裡抽出來，和以前一樣架設起來，繼續眺望她的房間。實在沒辦法不這樣。因為，窺視她的生活，似乎已經變成我身體機能的一部分了。所以正如視力不好的人無法摘掉眼鏡一樣，就像電影上出現的殺手，槍不能

離身一樣，我如果不能從照相機觀景窗裡割據她的空間，就無法生活下去了。

「不用說，我對世上其他各種事物的興趣已經逐漸消失。學校和社團我都幾乎不再露面。網球或機車或音樂之類的，過去還相當熱中的事情，現在也都逐漸無所謂了，和朋友之間的往來也大為減少。不在社團露面，是因為和她面對面會覺得越來越不好意思。而且心裡也害怕她會不會突然指著我的鼻子，在大家面前說出『你幹的好事我全都知道』。當然我很清楚，這樣的事情實際上是不會發生的。因為如果她發現了我的所作所為，在有任何表示之前，首先應該會先放下厚厚的窗簾吧。既使如此，我依然無法從這惡夢中逃出來，也就是在大家面前，把我那不道德的行為──這明顯的是不道德的行為吧──公布出來，讓大家批判、唾棄，然後就那樣被社會放逐的惡夢。事實上

我做過好多好多這樣的夢，驚醒時渾身冷汗地跳起來。因此學校幾乎都不去了。

「也開始完全不在意服裝了。我本來生性有喜歡把自己穿戴得很整齊，這也突然的改變，一件衣服會一直穿到髒兮兮的為止。鬍子懶得刮，理髮店也不去了。因此房間裡有一股臭水溝一樣的氣味。空啤酒罐啦、速食食品空盒啦、隨處亂塞的菸蒂之類的東西像被風颳亂似地散落在整個房間裡，我就在其中繼續追逐著她的身影。這樣大約經過三個月之後暑假到了。暑假一到她好像迫不及待似的回去北海道的老家。我用望遠鏡頭一直追逐著她把書本、筆記、衣服一一塞進返鄉用的皮箱裡去的作業身影。她把冰箱的插頭拔掉、瓦斯總開關關緊、檢查窗戶是否關好、打了幾通電話，然後才走出公寓。她走了之後，整個世界變的空蕩蕩的。她離開以後，什麼也沒留下。就像是她把世

界上不可或缺的東西全都隨身一起帶走了似的。於是我變成一個空殼。有生以來從來沒有感覺如此空虛過。感覺就像是幾條從心中延伸出來的繩索被人一把抓住再猛力扯掉似的。胃陣陣作嘔，腦子什麼都無法思考。我感到孤獨，而且好像分分秒秒衝向更悲慘的地方似的。

「不過和這同時，我內心深處也覺得大大的鬆了一口氣。畢竟我被解放了。由於她的離去，使我得以從泥沼中脫身，這是靠我自己的力量無論如何也辦不到的。這兩種想法──也就是想要永無止境地把她的生活繼續放大的想法，和自己已經被解放了的想法──把我的身體往兩個完全相反的方向拉扯，我在她走掉後的幾天裡非常混亂。不過那幾天度過之後，我稍微變正常了。我洗了澡、去理了髮、整理了房間、洗了衣服。於是我逐漸恢復成原來的我。由於我實在太簡單就恢復成原來的我了，因此使得連我自己都無法相信自己。真正的我到

底是什麼呢？」

他笑著把十指交握在膝蓋上。

「整個夏天我都在用功讀書。由於沒怎麼去學校，所以我的學分成績就像是風中殘燭一樣。眼前的問題是暑假結束時所舉行的期終考試，為了彌補我出席率不足的份，我必須拿到相當好的成績才行。我回到老家裡，幾乎足不出戶，一心準備考試。在這樣的情況下，我逐漸忘記她的事情。當暑假將近結束時，我忽然發現，自己已經不再像以前那樣對她那麼著迷了。

「雖然沒辦法說明得很清楚，但我想偷窺這種行為，可能會讓一個人陷入分裂的傾向。或許應該說是放大比較恰當。也就是說，在我的望遠鏡頭中，她被分成了兩個。她的身體和她的行為。當然在通常的世界裡，是依靠身體動作而產生行為，對吧？不過在被放大的世

界裡卻不是這樣。她的身體是她的身體，她的行為是她的行為。一直盯著看之下，會逐漸覺得她的身體只是單純的在那裡，而她的行為卻好像從畫面外側進來的似的。這麼一來不禁令人開始思考她到底是什麼。行為是她，還是身體是她？而那正中央則完全缺漏。而且說得明白一點，無論從身體來看或行為來看，要是這樣取部分來看時，所謂人的存在絕不是有魅力的事。」

說到這裡他暫時止住話題，又加點了啤酒，然後倒進我的玻璃杯和他自己的玻璃杯裡。他喝了一口或兩口啤酒，然後似乎暫時在沉思似地落入沉默。我雙臂交抱等他繼續說下去。

「進入九月之後，我在學校的圖書館突然遇見她。她曬得黑黑的看起來非常有活力。是她先開口向我打招呼的，我不知道應該怎麼辦才好。她的乳房啦、陰毛啦、她每天晚上睡覺以前所做的體操啦、

她排列在衣櫥裡的洋裝啦，各種這類的片段混在一起湧進我的腦海。就像遭到重擊推倒在滿是泥濘的地上，臉還被狠狠往泥裡壓似的，那種感覺。腋下開始冒出汗來。感覺非常不愉快。這種感覺方式是不公平的，雖然明知如此，但我卻一點都沒辦法。『好久不見了。』她說，『大家都好擔心呢，因為一直都沒看到你出現。』於是我說『我生了一場病，不過已經好了。』她說，『你這麼一說看起來好像瘦了一點。』我反射性地摸摸自己的臉頰。我記得那陣子大概比平常瘦了三公斤到四公斤。然後我們站著談了一會兒。不外誰在做什麼，誰怎麼樣了之類的瑣事。在那之間想著她右側腹部的黑斑。還有當她要穿完全貼身的衣服時，用一件束腹把腹和臀部束緊。她問我吃過午飯沒有。其實我還沒有吃，卻回答她已經吃過了。而且反正也沒什麼食慾。那麼要不要喝茶啊？她說。我看看手錶，說非常遺憾我和朋友約

棒球場

好要借筆記影印。於是我們就這樣道別。我已經渾身都汗濕了。非常

黏黏膩膩的，氣味令人厭惡的汗。因此我不得不到體育館沖個澡，並

換上在大學福利社買的新內衣。自從那次之後，我立刻停止再去社

團，從此以後也幾乎沒再碰到過她了。」

他點上一根新的香菸，很享受似地吐出煙來。「就是這麼一回

事。實在不是什麼值得公開宣揚的事。」

「然後你還繼續住在那間公寓嗎？」我試著問他。

「對，我還一直住到那年年底。不過已經停止再偷窺了。望遠

鏡頭也還給我父親。簡直就像附身的邪魔忽然退散似的，那種慾望已

經消失不再存在。我有時候到了晚上會坐在窗邊，眺望棒球場對面她

公寓的微小燈光，怔怔地讓時間流過。微小的燈光是一件非常好的東

西。我每次從飛機窗口往下看地上的夜景時都會這麼想。微小的燈光

是多麼美麗而溫暖啊！」

他嘴角一直浮現著微笑，就那樣抬起眼睛看著我的臉。

「我到現在都還清清楚楚記得最後一次和她談話時，那汗的黏黏膩膩的觸感和令人厭惡的氣味。而且我想那種汗以後我是再也不願意領教了。我是說如果可能的話。」他說。

野球場

ハンティング・ナイフ

―― 獵刀 ――

離岸海面上，有兩座像平坦浮島一樣的大浮標，一左一右並排漂浮著。從海灘邊緣到那大浮標，有自由式划手五十次，浮標與浮標之間有划手三十次的距離。以游泳來說，是個相當良好的距離。

一座浮標的大小，以房間來說，相當於榻榻米六疊左右，那看起來就像一對雙胞胎冰山，漂浮在海上一樣。水是非常地，簡直可以說是近乎不自然地清澈，從水面往下看時，連繫那兩座浮標的粗鐵鏈和末端的混凝土錘錠，都看得一清二楚。水深大約五公尺到六公尺左右吧。由於波浪並不大得可以稱得上波浪的程度，因此浮標幾乎不會搖晃，簡直就像被長釘牢牢釘進海底似地安穩。浮標的側面裝有梯子，表面上鋪滿綠色的人工草皮。

站在浮標上往海岸的方向眺望，往橫向綿延的白色沙灘，漆成紅色的救生員瞭望台，和一列排開的椰子樹的綠葉，都可以一覽無遺。

相當不錯的景觀，只是總覺得好像風景明信片一樣。不過因為這是真實的，所以也就沒得挑剔了。視線沿著海岸線一直往右，沙灘消失，開始出現嶙峋的黑色岩體的那一帶，可以看見我住的別墅型飯店。飯店建築是白牆壁的兩層樓房，屋頂顏色是比椰子樹葉稍微深一點的綠。季節是六月末，距離旅遊旺季還有一段時間，因此海邊只有數得出來的人影。

浮標上空是軍用直升機飛往美軍基地的航道。他們從外海筆直飛來，通過兩座浮標正中央，再越過椰子樹行列往內陸方向飛去。睜大眼睛仔細看的話，是連飛行員的臉都幾乎看得見的低空飛行。機身是色調沉重的橄欖綠，筆直的雷達天線像昆蟲觸角一樣自機鼻往前突出。不過除了這軍用直升機飛來之外，這海岸真的像快睡著了似的，寧靜而平和。

我們的房間在兩層樓別墅的一樓，窗戶面海。窗戶下方盛開著很像杜鵑花的紅花，前面看得見椰子樹。底院的草皮修剪得漂亮平整，自動灑水器以扇形搖著頭，發出咔噠咔噠令人昏昏欲睡的聲音，整天朝四周圍噴水。窗框是經日曬褪色恰到好處的綠色，百葉簾是稍稍混了點綠的白色。房間牆上掛著兩幅高更的大溪地畫。

一棟別墅分為四個房間。一樓兩個房間、二樓兩個房間。我們隔壁房間住著母子兩人。他們兩人似乎在我們來到之前就一直住在那裡了。我們剛到這飯店的第一天，在櫃檯辦理入住手續，領鑰匙，等服務生搬行李的過程中，那對文靜的母子，就面對面坐在大廳厚厚的沙發上看報紙。母親和兒子手上各自打開一份報紙，視線從報上的這個角落移到那個角落，彷彿要把固定時間以人工方式拉長似的。母親五十幾歲將近六十歲，兒子和我們年齡相近，大約二十八或二十九。

兩人臉都是長形臉而寬額頭，嘴唇總是緊閉成一條線。相貌如此相像的母子，我還從來沒見過。母親以她那個年代的女性來說，身材高得令人吃驚，背脊挺直，動作俐落。兩個人都給人一種像高級手工訂製服的感覺。

從兒子的骨架推測，可能也和母親一樣個子很高，不過我不知道實際上到底有多高。因為他一直坐在輪椅上一次也沒站起來過。每次都由母親站在後面，推著那輪椅。

一到晚上，他就從輪椅移到沙發上，在那兒吃著由客房服務送來的晚餐，然後就似乎看看書或做點什麼度過時間。

房間裡當然有冷氣，不過那對母子卻始終不曾打開，讓入口的門一直開著，任涼爽的海風吹進。我們推測可能是冷氣對他的身體不好。由於我們出入房間都必須經過他們的門口，每次都難免會看到他

們的身影。雖然門口上裝有類似捲簾的紗門，多少有一點遮蔽的作用，可是大概的輪廓依然難免映入眼裡。他們兩人老是面對面坐在沙發上，手上拿著書或報紙或雜誌之類的。

他們實在是沉默寡言。他們的房間經常總是像博物館般靜悄悄的，也沒聽過電視聲音。安靜得似乎可以聽見冰箱馬達的聲音。只有兩次聽到廣播的音樂。一次是有單簧管的莫札特的室內樂，另外一次是我所不知道的管弦樂曲。很可能是理查史特勞斯（Richard Strauss）或那類的音樂，不過我不太確定。然而除此之外，真的是靜悄悄的。這與其說是母子，倒不如說是老夫老妻住的房間還來得恰當一些。

在餐廳、大廳、走廊或庭院的散步道上，我們經常和這對母子碰面。本來這就是一個規模小巧而雅致的飯店，加上旺季之前旅客人

獵刀

數還少，所以就算不願意還是難免會碰面。每次相遇，我們都會不經意地互相頷首致意。母親和兒子打招呼的方式稍有不同。兒子只是下顎和眼睛稍稍動一下那種程度的致意。而母親那方則是相當正式的致意。然而不管怎麼說，從他們的頷首致意所得到的，卻好像是同樣程度的印象。那是從頷首開始，到頷首結束，再下去什麼也沒有了。

我們在飯店餐廳和那對母子即使坐在鄰桌也沒有開口說過話。我們談著我們兩個人的事，那對母子則談著他們母子的事。我們談著要不要生孩子、搬家、貸款、和工作的未來之類的事。對我們來說，那是二十幾歲的最後一個夏天了。他們母子到底在談一些什麼我就不知道了。他們多半不開口，就算開口聲音也非常小──簡直像用讀唇術交談似的──我根本沒辦法聽出那內容來。

而且他們真的是非常安靜地，像在處理易碎物品一樣輕手輕腳地

　　　　　　　　　　　　ハンティング・ナイフ

用餐。連刀子、叉子、湯匙的聲音，都幾乎聽不見。有時候甚至不免要覺得他們的一切似乎只是幻覺一場，好像只要一回頭一看，後面的那桌就會完全消失無蹤似的。

用過早餐之後，我們每天都帶著保冰箱到海灘去。我們身上抹了防曬油，躺在海灘墊上作日光浴。而在那之間，我一面喝著啤酒，一面用卡式錄音機放聽滾石合唱團和馬文‧蓋（Marvin Gaye），她則再看一次文庫本的《飄》。太陽由內陸方向露臉，再經由與直升機相反的路線往水平線沉下去。

總是在大約二點左右，推輪椅的母子就會來到海灘。母親穿著清清爽爽而色調樸素的半袖洋裝和皮涼鞋，兒子則穿著夏威夷衫或馬球衫和寬鬆的棉質長褲。母親戴著白色寬簷草帽，兒子沒戴帽子卻戴著

獵刀

深綠色雷朋太陽眼鏡。兩個人坐在椰子樹蔭下，沒做什麼只是一直望著海。樹葉的陰影移動之後，他們也跟著移動一點。兩個人帶著攜帶用的銀色保溫壺，偶爾把裡面的倒進紙杯來喝。不知道喝的是什麼。

此外他們有時候也吃一些鹹餅乾之類的東西。

兩個人有時只待個三十分鐘左右就不知道去哪裡了，有時一連三小時都一直待在那裡。游泳的時候，偶爾會覺得他們的視線在我身上。由於從浮標一直到椰子樹行列之間有相當一段距離，因此那很可能只是我的錯覺，不過當我爬上浮標，往椰子樹蔭方向看時，會覺得他們確實是望向我這邊。他們的銀色水壺有時看來像刀子一般閃閃發光。我趴在浮標上漫不經心地望著他們的時候，曾經好像逐漸喪失了對距離的平衡感似的。覺得他們只要稍一伸手就可以碰到我的身體似的。而划手五十下的冷水，感覺上也變成毫無意義的存在。為什麼會的。

這樣覺得，我自己也不太明白。

那些日子，就像流過高空的雲一樣，悠哉地度過。一天與一天之間並沒有明顯的特徵足以清楚區分。太陽升起、太陽落下，直升機飛過天空、我喝啤酒、游泳。

離開飯店的前一天下午，我去游了最後一次。妻在睡午覺，只有我一個人游。因為是星期六，到海邊的人比平常多了一些，不過海灘依然很空。有幾組男女在沙上做日光浴，有家長帶著小孩在濱線的岸邊玩水，有幾個人在離岸上不遠處練習游泳的。一群像是從海軍基地來的美國人在椰子樹之間綁上繩子，玩起沙灘排球。個個都曬得黑黑的、個子很高、頭髮剪得短短的。所謂軍人，任何時代長得都一樣。

放眼望去、兩個浮標上面看不見一個人影。太陽高高的，天空

一片雲也沒有。時針雖然已經繞過二點，卻還沒看見推輪椅的母子出現。

我踏進水裡，朝著外海一直走到水深達到胸部一帶為止，然後向著左側的浮標開始用自由式游去。肩膀力量放鬆，像是要把水穿在身上似的游，慢慢地游。沒有任何需要急的理由。右手從水裡抬起來再筆直伸向前方，然後左手抬起來伸出去。隨著左手抬出去的同時，仰起頭來，把新鮮的空氣送進肺的深處。水一濺起來，就被陽光染成白色。一切的一切都在我四周閃閃發亮。就像平常一樣，我一面數著划手的次數一面游。數到四十之後，眼睛往前一看，浮標就在不遠處。然後再划十次，我的左手尖端便碰到浮標的側板。就像每一次一樣的正確。我暫時就那麼浮在海面調整呼吸，然後才抓住梯子登上浮標。

沒想到浮標上已經有人了。是一位金髮非常胖的美國女人。記得

從海灘上眺望時，好像並沒有看到浮標上有人，不過或許因為她躺在浮標上最遠的一端，眼睛不容易發現也說不定。或者當我看的時候，她正好在浮標後面一帶游泳也說不定。不過不管怎麼說，她現在正趴在浮標上。她身上穿著像經常插在田裡警示已噴灑農藥的旗子一樣會飄動的紅色小比基尼。因為她真的是胖得圓滾滾的，因此比基尼看起來比實際還要小。可能才剛剛到這裡來游泳不久，所以皮膚還像信紙一樣白。

我身上的海水滴著水，一面登上浮標時，她稍微抬起眼睛看看我的樣子，然後又閉上眼睛。我在她躺著的相反一邊的盡頭坐下來，兩隻腳泡在水裡，望著海岸的風景。

椰子樹下，依然不見母子的身影。不只是椰子樹下，其他地方也都沒有他們的身影。不管他們在海岸的任何地方，那絲毫沒有污點．．

的銀色輪椅，再怎樣都會映入眼簾。不可能看漏。因為他們總是像蓋章的一到兩點一定會出現在海濱，因此看不到他們的身影，使我覺得有點手足無措。習慣這東西真是不可思議。只不過少了一點點要素而已，就覺得自己彷彿被世界的一部分所遺棄了似的。

或許兩人已經退房間離開飯店，回到什麼地方，任何地方都行——他們原來存在的地方去了。不過剛才午餐時間在飯店餐廳相遇時，還看不出他們有任何那種打算。兩個人花了很長時間吃著「今日特餐」，餐後兒子喝了冰紅茶，母親吃布丁。並不像隨即就要回去整理行李的樣子。

我和她以同樣的姿勢趴下來，一面傾聽著微弱的波浪拍打浮標側板的聲音，一面讓身體曬了十分鐘左右。眼睛看得見白色海鳥就像用尺在空中畫線一樣，筆直地朝陸地的方向飛去。可以感覺到滲進耳朵

裡的水滴因為陽光而逐漸變熱。強烈的午後日光化為無數的針降落到海上、陸上。附著在身上沾濕的海水蒸發了之後，立刻又冒出汗珠蓋滿了全身。

我受不了這炎熱抬起頭來時，那女的已經坐起身，雙手抱著膝蓋望著天空。她跟我一樣渾身全是汗。小小的紅色比基尼勒進他豐腴白皙的肉裡，圓形的汗珠像一群包圍著獵物的微小蟲子聚在那周遭。腹部圍著一圈有如土星環的脂肪，連手腕和腳踝這原本較細的部分眼看都要消失了似的。她看起來比我大幾歲。不過相差不會太大。頂多只差兩、三歲。

女人胖的模樣並沒有給人不健康的印象。容貌也不錯。只是肉太多了而已。就像磁石吸附鐵屑似的，脂肪極自然地包裹在她身上。她的脂肪由耳朵下方開始，畫出一道和緩的斜線順著肩膀而下，就那麼

直接連到豐腴的手臂。簡直像米其林輪胎招牌上的輪胎人一樣。她那種胖的方式，令我想起某種宿命性的東西。世上所存在的一切傾向全都是宿命性的病態。

「好熱噢？」女人從對面的盡頭用英語向我開口。就像大多胖女人一樣，聲音略帶著甜美感覺的高音。很少碰到說話聲音低的胖女人。不知道為什麼。

「真的好熱。」我回答。

「嗨，你知道現在幾點嗎？」女人問。

我並沒有什麼特別含意地望海灘一眼後說：「大概兩點三十分或四十分左右吧。」

「噢！」女人不太起勁地應著。然後以手指像用刮刀一樣，把附在鼻頭和隆起的兩頰上的汗擦掉。我覺得時間是幾點這種事情，對她

來說似乎並沒有什麼關係。只是想要隨便問一點什麼罷了。而因為時間是一種純粹獨立的存在，可以像那樣獨立地去處理。

以我來說，也覺得差不多是跳進涼快的水裡游向另一個浮標的時候了，可是又不願意讓她覺得好像要逃避談話似的，於是決定再等一下。我依然坐在浮標邊緣，等她開口，坐著不動，汗水便流進眼睛裡，那鹽分使得眼球刺痛。陽光曬得肌膚繃緊，好像全身到處都要裂開了似的。

「每天都這麼熱嗎？」她問我。

「是啊。一直都是這樣。今天完全沒有雲，自然就更熱了。」我說。

「你在這裡很久了吧？看你曬得好黑呀。」

「大概九天吧。」

「真的曬得很夠呀。」女人好像很佩服似地說。「我昨天傍晚才來的。到的時候正好遇到午後陣雨好涼快，沒想到居然會變得這麼熱。」

「太急著曬太陽到時可不好受噢。最好每隔一段時間就回到陰涼的地方。」我說。

「我住在軍眷專用的度假別墅。」她無視於我的忠告接著說。

「我哥哥是海軍軍官，問我要不要來玩。當海軍也不錯噢。既不愁沒飯吃，福利又好。我學生時代越戰打得正兇的時候，家裡有人是職業軍人都覺得臉上無光呢。這個世界變得好快啊。」

我含糊地點點頭。

「說到海軍，我前夫也是海軍出身的。海軍的航空隊，噴射機飛行員。嗨！你知道聯合航空公司嗎？」

「知道啊。」

「他從海軍退伍後，就在那裡當機師。我那時候是空姐，於是我們就戀愛、結婚了。那是一九七——幾年呢？總之大概是六年前左右吧。不過這也是常有的事。」

「會這樣嗎？」

「對呀。因為航空公司機組員的勤務時間都很不規則，很容易跟同事搞在一起。畢竟工作性質跟一般人不一樣。所以當我結了婚辭掉工作之後，他又搭上了別的空姐。這也是常有的事噢。從這個空姐到那個空姐，一路換。」

「現在住在哪裡？」我把話題改變。

「洛杉磯。」女人說，「你去過洛杉磯嗎？」

「ＮＯ。」我說。

獵刀

「我是生在洛杉磯的。後來因為父親工作的關係搬到鹽湖城去。你去過鹽湖城嗎？」

「ＮＯ。」我說。

「那種地方沒什麼好去的。高中畢業以後我到佛羅里達上大學，大學畢業以後，到紐約去，結婚以後住舊金山，然後離婚以後再搬到洛杉磯。結果又回到了出發點。」她這樣說完搖搖頭。

我從來沒看過像她這麼胖的空姐。要是像摔角選手一樣體格健壯的空姐，或手臂很粗，稍微長有薄薄口髭的空姐倒是看過幾次，然而胖嘟嘟的空姐卻又當別論了。不過或許聯合航空公司對此並不在意。或者當時她比現在瘦多了也不一定。我推測她如果瘦下來的話應該是相當有魅力的女性。也許她結婚不飛以後，就急速地像飛船一樣開始胖起來。她的手臂和腿簡直就像誇張的質樸藝術人像畫一樣白白

胖胖地。

　　不知道胖成這樣會是什麼感覺，我試著去想像。不過因為太熱，我幾乎什麼也沒辦法思考。世上竟然也有適合於想像力的氣候和不適合的氣候。

　　「你住在哪裡？」女人問我。

　　我指給她看我住的鄉村飯店。

　　「一個人來嗎？」

　　「不。」我搖搖頭。「和我太太一起。」

　　女人微微一笑，稍微遲疑了一下。

　　「蜜月旅行？」

　　「結婚六年了。」我說。

　　「哦。」女人說，「真看不出你有這個年齡。」

我有些不自在起來，變換了一個姿勢再度望向海灘。漆成紅色的瞭望台上依然不見人影。由於游泳的人數很少，那個救生員很快就因為無聊溜到別處去了。他不在以後上面就掛起一塊「救生員不在，請注意安全」的牌子。救生員是個曬得黝黑的沉默年輕人。第一次到這海灘來時，我試著問他「這一帶有沒有鯊魚？」他沉默地看了我的臉一下，然後兩隻手攤開約八十公分左右讓我看。應該是表示「如果有也只有這麼大吧。」於是我便放心地一個人下水。

依然沒看見推輪椅的母子出現。他們平常坐的長椅，有一位穿著白色短袖襯衫的老人坐著看報紙。那些美國人還在繼續玩著排球。沙灘的濱線附近，有一些幼小的孩童在堆沙堡，或互相潑水戲要。海浪在那一帶化成細小的泡沫而破碎掉。

終於有兩架橄欖綠色的直升機自外海出現，就像希臘悲劇裡傳送

重大訊息的特使一般，鄭重的從我們頭上隨著轟隆聲通過，往內陸方向消失而去。在那之間我們默默目送著那巨大的飛行體遠去。

「嗨！像那樣從空中俯瞰我們，我們的樣子看起來應該很幸福吧？」女人說，「非常和平、快樂，無憂無慮。就像，對了……像家庭照片一樣。你不覺得嗎？」

「也許是吧。」我說。

然後我抓住適當時機和她告別，跳進海裡游回岸邊。游著的時候，我一直想著保冷箱裡冰涼的啤酒。途中暫停下來回頭探望浮標的方向時，她向我揮著手，我也輕輕舉起手來。從遠處看，她好像是一條海豚。甚至覺得她就要長出鰭來，回到海底去了呢。

回到房間，睡了短暫的午覺，到六點便和平常一樣在餐廳吃晚飯，但卻沒看見母子兩人出現。從餐廳回房間時，他們的房間和平常

獵刀

不同，門是緊閉的。雖然從固定式的毛玻璃小窗可以看見房間的燈光，我卻無法判斷他們母子是否仍然住在裡面。

「那兩個人是不是已經退房了？」我試著問妻。

「不曉得啊，我沒注意。本來他們就很安靜，沒特別去留意。也不知道。」她一面把洋裝摺好收進行李箱裡，一面不感興趣，「怎麼了嗎？」

「沒什麼，只是那兩個人沒有出現在海灘，有點在意罷了。」

「那也有可能噢，或許已經退房了。因為他們好像已經在這兒住很久了。」

「對呀。」我說。

「每個人遲早都要離開的。總不能永久一直繼續過這樣的生活吧。」

「說得也是。」我說。

她把行李箱蓋子蓋上，放在門旁邊。行李箱就像什麼東西的影子似的，安靜地蹲在那裡。我們的休假終於快要結束了。

我醒來時，立刻看看枕邊的旅行鬧鐘。上了綠色螢光漆的指針指著一時二十分。我之所以醒來，是由於忽然一陣異常激烈的心悸。

整個身體簡直就像被什麼搖撼著似的。我一看心臟一帶胸部的肌肉居然一抽一抽地微微抖顫著，即使在昏暗中都能清楚看見。對我來說，這是第一次的經驗。我向來心臟特別強壯，脈搏次數也比一般人少多了。平常喜歡運動，也沒什麼疾病。因此像這樣，好像什麼病要發作似突然心悸，應該是不會發生的。

我下床盤腿坐在地毯上，背脊伸得筆直，深深吸氣，然後吐氣。

獵刀

肩膀放鬆，把注意力集中在肚臍一帶。雖然像是讓身體放鬆的肌肉伸展運動，不過連做幾次之後，心悸逐漸緩和了，最後恢復到和平常一樣隱約微小的起伏，不特別注意就感覺不到的程度。

可能是游泳游過頭了，我想。加上強烈的日照，還有疲勞的累積——這好幾件事加在一起，使我的身體瞬間發生脫序現象。我靠牆把腳伸直，手腳往各個方向緩緩試著移動。沒有任何地方異常。心臟的鼓動也完全恢復平常的狀態。

雖然如此，在那別墅房間的地毯上，我依然不得不想到，自己已經度過青年期，是一個體能已經踏入退潮過程的人了。雖然我確實還年輕，但已經不能算是毫無陰影的年輕了。關於這點，我一向去看慣的牙醫，前幾星期才剛指出過，他說以牙齒而言，今後就只是持續磨損、動搖，然後脫落的過程而已，請牢記這一點，你能做的只是盡量

讓這些延後而已。沒辦法防止。只能延後。

在從窗口照進來的白色月光下，妻正睡得沉沉的。簡直像死掉了一樣，絲毫沒有一點聲息。她向來是這樣睡的。我把被汗水濕透的睡衣脫掉，換上乾淨的短褲和T恤。然後把桌上的野火雞牌威士忌隨身瓶塞進口袋，小心避免吵醒妻，悄悄打開門走了出去。夜晚的大氣涼颼颼的，地面飄著一層霧靄般的潮濕草葉的香氣。我覺得好像站在一個巨大空洞的底部一樣。月光把花瓣、大片的葉子、庭園的草坪染成和白天截然不同的顏色。就像透過濾鏡看世界一樣，有些東西比實際上明亮鮮豔，而有些卻喪失了生氣，沉進灰色之中。

‧‧

不覺得睏。好像睡意從最初開始就不曾存在似的，我的意識如同冷卻的陶器一般清醒。我漫無目的地慢慢繞了別墅一圈。周遭靜悄悄的，除了海浪的聲音之外沒有其他聲音傳進耳裡。如果不站定下來側

耳細聽，連那海浪的聲音，都不很清楚。我停下腳步，從口袋掏出威士忌酒瓶，直接就口喝了起來。

繞完別墅一周之後，我從在月光下看來像是冰的圓形水池般的庭園草地正中央，直接穿越。然後沿著高及腰部的矮樹叢走，再踏上小小的階梯，來到充滿熱帶風情的庭園酒吧。我每天晚上，都會在這裡喝兩杯伏特加通寧的，不過現在當然已經打烊。亭台式雞尾酒吧的鐵捲門已經拉下，院子裡只見一打左右的圓桌散布著。桌上筆直收攏的遮陽傘，看來就像那收起羽翼的巨大夜鳥一樣。

坐輪椅的青年一隻手肘支在那樣的桌上，獨自一個人望著海。輪椅的金屬吸了滿滿的月光，閃著像冰一般的白光。從遠處看去，簡直就像為夜晚裝設的具有特殊目的的精密金屬機器。車輪的輻條彷彿異常進化的怪獸的牙齒，在黑暗中發出凶光。

這是第一次看到他獨自一個人出現。因為我已經極自然地會把他的形影和他母親的形影聯想成一體，因此看見他孤伶伶一個人，那種感覺實在非常奇怪。甚至覺得目擊這樣一個光景本身，竟是一種失禮的行為似的。他穿著和平常一樣的橘紅色夏威夷衫，和平常一樣的棉布褲子。而且動也不動，就以那樣的姿勢凝神注視著大海。

我不知道該怎麼辦，稍微猶豫了一下，之後決定盡量避免驚擾他，從能夠進入他視野的方向，慢慢往他那邊走近。當我走到距離他二、三公尺的時候，他臉轉向我，並像平常一樣我點頭致意。

「晚安。」我以適合夜深人靜的微小聲音說。

「晚安。」他也以微小聲音回應我的招呼。

我從他隔鄰那桌拉出一張庭園椅，在那椅子上坐下。然後眼睛望向他正在眺望的大致相同的方向。海邊那形狀有如剖半的瑪芬一樣，

參差尖銳的低矮岩岸一直延伸出去，不太大的海浪不斷湧去。海浪在岩石間濺起宛如纖細褶邊似的白色水花，然後又再退下。那褶邊的形狀有時候會有微妙的變化，但海浪本身的大小好像用尺量過一般，每次都相同。就像鐘擺一樣單調而憂鬱，不怎麼有特徵的海浪。

「今天在海邊沒看見你。」我隔著桌子試著開口說。

他雙手交叉放在胸上，轉向我這邊。

「噢，是的。」他說。

然後他沉默了一會兒，靜靜地呼吸著。就像睡著了似的那種呼吸法。

「我今天一直在房間裡休息。」他說。「其實，是我母親不舒服。不過說不舒服，並不是身體不舒服，那個，並不是具體的不舒服。應該說是，精神上的。或者該說是神經性的吧，神經亢奮。」

他這樣說完，便以右手中指的指腹摩擦了幾次臉頰。雖然已經是半夜了，但他臉頰上並不見鬍髭長出的形跡，而像陶器一般光滑而細緻。

「不過，已經沒事了。母親現在已經安穩地睡著了。她的情況跟我的腳不一樣，只要睡一覺起來就好了。當然並不是說痙癒，只是暫時的，在狀況上恢復了。到了早上精神就復元了。」

大約二十秒，三十秒，或一分鐘，他就那樣閉著嘴。我把原來在桌下蹺著的腿分開，準備找個適當的時機離開。我覺得自己的生活好像經常在找適當的時機準備離開似的。大概是個性使然吧。然而在我開口之前，他又開口說話了。

「不過提到這種事情一定很沒意思對嗎？」他說。「對健康的人談生病的話題，實在是不懂事故人情吧。」

沒這回事，我說，世上找不到一切都無可挑剔的健康人，我說。

我這麼說之後，他輕輕點頭。

「神經方面的毛病，表現出來的情況說來也有千差萬別。原因只有一個，結果卻有無數。就像地震一樣。放出來的能量，質雖然相同，但由於發生的地點不同，在地表造成的現象就可能截然不同。也許生出一個島來，也許讓一個島沉進海裡去。」

他打起呵欠來。然後打完呵欠便說「抱歉。」

他看起來非常疲倦，好像就要睡著了似的，因此我問他是不是回房休息比較好。

「不，請不要介意。」他說，「也許看起來很睏，其實我一點也不睏。我一天只要睡四小時左右就夠了，而且只有快天亮時才睡得著。所以平常這個時候，我大概都在這裡發呆。請別在意。」

他說完便拿起桌上一個琴夏洛（Cinzano）的菸灰缸，像在看什麼非常珍貴的東西似的凝視著。

「我母親的情況，怎麼說呢——神經一旦亢奮，臉的左半邊就會漸漸僵硬，變冷——嘴巴和眼睛都不太能動。說奇怪也真是奇怪的症狀。不過請不要把那想得太嚴重。那並不會直接和什麼致命的情況有關。只不過是一種症狀而已。睡一覺就好了。」

我點點頭。

「還有，請別讓我母親知道我跟你提過這件事。她非常討厭人家談起她自己的身體的事情。」

當然，我說。「而且我們明天早上就要離開這裡，所以我想也已經沒有機會談話了。」

他從口袋掏出手帕來擤鼻子，手帕收回去之後，就像要尋思什麼

事情似的，一直閉著眼睛。像是一度外出現在又返回的沉默持續了好一會兒。我想像他的心情可能是忽而上升忽而下降吧。

「這麼一走好冷清噢。」

「很遺憾，可是有工作在等著呢。」

「不過有地方可以回去也不錯啊。」

「那要看是什麼樣的地方。」我笑著說。「你在這裡住很久了嗎？」

「兩星期——左右吧。雖然不知道確實是第幾天，不過大概是這樣吧。」

往後還會住很久嗎？我試著問。

「大概吧。」他說，輕輕左右搖搖頭。「一個月或兩個月，看情形。我也不確定——坦白說，不是我能決定的。我姊夫擁有很多這家

飯店的股份，所以我們可以很便宜地住在這裡。我父親經營一家磁磚

公司，而那位姊夫事實上接管了這事業。老實說，我並不怎麼喜歡那

姊夫，不過這種家族關係可由不得自己選擇。而且並不能說因為我討

厭他，就表示他真的是個令人討厭的人。不健康的人，往往有變得器

量狹小的傾向噢。」

他這麼說完，又閉上眼睛。

「總之他生產了很多磁磚，是那種住宅大廈玄關所用的高級磁

磚。此外還擁有多家公司的許多股份。簡單一句話，他是能幹的人。

我父親也一樣。換句話說，我們——指我們家族而言——被清楚劃分

健康的人和不健康的人，有效率的人和無效率的人。所以結果就是，

除此之外的基準似乎都有變得不明確的趨勢。健康的人製造磁磚，巧

妙運用財富，逃稅，用以養活不健康的人。以系統來說，那機能性本

獵刀

身，倒是運作得相當好噢。」

他笑著把菸灰缸放回桌上。

「大家都決定好了。你到那邊住一個月。這邊住兩個月，所以我就像下雨一樣，一會兒到那邊，一會兒到這邊。正確地說，是我和我母親。」

說到這裡，他又打起呵欠，眼睛轉向海岸。海浪依然機械性地湧向岩石。白色的月亮高高浮在海的上空。我想知道時間，眼睛望向手腕，發現沒戴手錶。忘在房間的床頭櫃上了。

「家庭這東西實在很奇妙。不管美滿或者不美滿。」他瞇起眼睛望著海這麼說，「你也一樣有家庭吧？」

「可以說有，也可以說沒有，我說。沒有孩子的夫婦能不能算是家庭，我不太清楚。歸根究柢，那只不過是在某種前提下的契約而已。

我這樣說。

「說的也是。」他說。所謂家庭，本質上非得以那樣為前提不可。否則系統就無法發揮功能了。在這層意義上，我就像一面旗一樣，很多事情可以說都是以圍繞著我這不能動的腿為中心在運作⋯⋯我的意思你了解嗎？」

應該了解，我說。

「缺陷朝向更高度的缺陷，多餘朝向更高度的多餘走，這就是我對系統的論點。德布西因為自己歌劇作曲的遲遲沒有進展，曾經這樣表示，『我日夜都在追逐她所創造出來的無（rien）。我的工作說來也就是在創造那個無（rien）』。」

他從此沉默不語，再度沉進他那失眠症式的沉默中。唯獨時間還多得是。他的意識在更遙遠的邊境徘徊之後再度返回，但返回之處看

起來卻和出發點有些偏離。

我從口袋裡抽出威士忌酒瓶放在桌上。

「要不要喝一點？不過沒有玻璃杯。」我試著說。

「不。」說著他微微笑了一下。「我是不喝酒的，水分也幾乎不怎麼攝取。不過你別客氣請自己一個人喝吧。看別人喝酒我並不討厭。」

我把瓶中的威士忌送進嘴裡。胃暖和起來，我閉上眼睛，暫時品味著那暖和的感覺。他從隔桌一直凝神注視著我的模樣。

「我想請教一個也許有點奇怪的問題，你對刀子熟悉嗎？」他突然說。

「刀子？」我詫異地反問道。

「對，刀子。切割用的刀子。是一把獵刀。」

獵刀我不太清楚，不過如果是不太大的露營刀或瑞士刀倒是用過，我回答。不過當然不能因此就說對刀子具有詳細的知識。

我這麼說後，他用手轉著輪椅的車輪移動靠到我這張桌子來，隔著桌子和我面對面。

「其實，我有一把刀想請你幫忙看一看。我在大約兩個月以前得到這把刀，可是我對這種東西絲毫沒有概念，所以想找人看看是什麼檔次的東西。如果不麻煩的話，請你告訴我，只要大概就行了。」

一點也不麻煩，我說。

他從口袋裡掏出一個長約十公分左右的木片，把那放在桌上。一個曲線非常優美的淺茶色方形木片。放在桌上時發出啪達一聲硬而沉的聲響。是一把折疊式的小型獵刀。雖說是小型，不過卻也是刃寬和厚度都相當夠份量的好東西。所謂獵刀，至少都做得可以剝得下熊皮

的程度。

「請不要想到奇怪的方面去。」青年說，「我完全沒有意思要用這東西去傷害別人，或傷害自己的意思。只不過有一天，我忽然非常渴望能夠擁有一把刀。也不知道為什麼。或許在電視上或小說上看到過或讀到過有關刀子的事，不過我也記不清楚了。總之，無論如何我很想擁有一把自己的刀。於是我託一個熟人幫我買了這把刀。在一家體育用品店買的。當然沒讓我母親知道，除了那位熟人之外，沒有其他人知道，我隨身帶著一把刀放在口袋裡。這是只有我自己知道的秘密。」

他從桌上拾起刀，像要衡量一下那微妙的重量似的，放在手掌心好一會兒，這才越過桌子交到我手上。刀子沉甸甸的。之所以看起來像木片是為了防滑而將黃銅的表面挖凹鑲進木頭而已，本體幾乎全是

以黃銅和鋼鐵製成。因此重量感實際上比看起來要重得多。

「打開來看看刀刃吧。」他說。

我按住刀柄上部凹陷處，用手指拉開沉重的刀刃。隨著咔一聲乾爽的聲音，刀刃便牢牢固定。刃長約八至九公分。刀刃固定之後握在手上，那沉甸甸的份量再次令我詫異。不單只是重而已，那是一種彷彿完美吸附在掌心的奇妙重量感。試著稍微使勁上下左右揮動一下就可以清楚知道，刀本身的重量使得這掌握幾乎不會有閃失，能確實隨著手的運動而動。刀柄的曲線，可以說非常理想，既服貼又順手。即使用力緊握也沒有絲毫不自然的觸感，而鬆開手指也會穩穩留在手上。

刀刃的做工也很了得。厚實的鋼經過俐落的削切，刀腹被打磨出一道流暢的弧線，刀背則為了「戳刺」而刻有粗糙的凹痕。甚至還有

明顯的血槽。

我在月光下仔細檢視，並試著輕輕揮動了幾次。這是一把設計和使用起來的感覺完全吻合的高級獵刀。切割起來的觸感想必也相當好。

「真是一把好刀。」我說。「雖然詳細情況我並不很清楚，不過很順手，刀刃看起來很扎實，平衡感也好，真是好貨。以後只要經常好好上油保養，可以用一輩子。」

「以一把獵刀來說會不會太小？」

「這樣就夠了，太大了反而不好用。」

我把刀刃唰一聲折進去，還給他。他又重新把那刀刃拉出來，很簡直像耍雜技似的，不過因為刀柄的重靈巧地讓刀在掌中旋轉一圈。然後他瞄準一樣，閉上一隻眼睛，將刀筆直量，要做到也是可能的。

的朝月亮刺去。月光照得他的刀子和他輪椅鮮明地浮凸出來，簡直像穿破柔軟的肉凸出的白骨似的。

「找個什麼東西割割看可以嗎？」他說。

因為沒有拒絕的理由，所以我拿著那把刀，朝旁邊的一棵椰子樹幹刺了幾下，再斜斜削下樹皮。然後把游泳池畔一塊廉價的發泡塑料浮板一刀切成兩半。切割的感覺乾淨俐落。

我切著周遭能找到的東西時，忽然想起白天在浮標上遇見的白白胖胖的女人。覺得她那白皙而浮腫的肉體，好像疲憊的雲似的飄浮在空中。浮標、海、天空、直升機，都喪失了遠近感，變成一片混沌，團團圍繞在我四周。我一面努力試著不要失去身體的平衡，一面讓刀安靜地、慢慢地在空中游走。夜晚的大氣像油一樣滑溜。沒有任何東西阻礙我的動作。夜深了，時間像柔軟而多汁的肉體一樣。

獵刀

「我常常做夢。」青年說。他的聲音聽起來好像是從一個很深的洞穴底下傳上來似的。「夢見我的腦袋裡面，有一把刀子正往記憶的柔軟的肉裡斜插進去。並不覺得痛。只是插進去而已。然後很多東西便漸漸消失，最後只剩下一把刀像白骨一樣留在那裡。這樣的夢。」

A100999

迴轉木馬的終端／回転木馬のデッド・ヒート

作者／村上春樹
譯者／賴明珠
編輯／黃煜智
修訂／張致斌
校對／魏秋綱
書籍設計／陳恩安
行銷企劃／陳玉笈

董事長／趙政岷
總編輯／胡金倫
副總編輯／羅珊珊

出版者／時報文化出版企業股份有限公司
108019 台北市和平西路三段二四○號四樓
發行專線／（○二）二三○六六八四二
讀者服務專線／○八○○二三一七○五
　　　　　　　（○二）二三○四七一○三
讀者服務傳真／（○二）二三○四六八五八
郵撥／一九三四四七二四時報文化出版公司
信箱／10899 臺北華江橋郵局第九九信箱
時報悅讀網／www.readingtimes.com.tw
電子郵件信箱／ctliving@readingtimes.com.tw
思潮線臉書／www.facebook.com/trendage
法律顧問／理律法律事務所 陳長文律師、李念祖律師
印刷／勁達印刷有限公司

初版一刷／一九九九年六月八日
二版一刷／二○二二年十月十四日
定價／新台幣三五○元
版權所有 翻印必究（缺頁或破損的書，請寄回更換）

迴轉木馬的終端 / 村上春樹著；賴明珠譯. -- 二版. -- 臺北市：時報文
化出版企業股份有限公司, 2022.10
　　面； 公分
譯自：回転木馬のデッド・ヒート
ISBN 978-626-335-871-3（平裝）
　　　　861.57　　　　111013447

KAITEN MOKUBA NO DEDDOHITO
by Haruki Murakami
Copyright © 1985 by Harukimurakami Archival Labyrinth
All rights reserved.
Originally published in Japan by Shinchosha Publishing Co. Ltd., Tokyo
Chinese (in complex character only) translation rights arranged with
Harukimurakami Archival Labyrinth, Japan
through THE SAKAI AGENCY and BARDON-CHINESE MEDIA AGENCY.